Le succès d'une amitié

Sexion d'Assaut

Le succès d'une amitié

Don Quichotte éditions

www.donquichotte-editions.com

ISBN : 978-2-35949-153-1

DES GAMINS DE PANAME

Si on
tourne c'est
le dos juste
à la le temps
rue, d'un
contrôle

Nom : **Adama Diallo**

Date de naissance : **21 décembre 1985**

Lieu de naissance : **Paris**

Pseudos : **Adam's, A.D., Barack Adama**

Aussi loin que je remonte dans mes souvenirs, le rap, ça m'a toujours parlé. Quand j'entendais les rappeurs raconter leur vie, j'avais l'impression qu'ils racontaient la mienne. Socialement, même au niveau du langage, leurs paroles ressemblaient à ce que je vivais. Je suis issu de l'immigration, ma mère est guadeloupéenne, mon père sénégalais, et même si je n'ai pas grandi dans une cité, on n'était pas riches du tout, et j'ai évolué dans un milieu peu favorisé. Donc, quand les gars donnaient des anecdotes sur leurs parents, les histoires de famille nombreuse, leurs problèmes, je me disais : «Wow, on dirait moi ! » Et je me disais même plus : «Tiens, celle-là, j'aurais pu l'écrire, je peux l'écrire, je peux le faire.» Avant de découvrir le rap, j'écoutais beaucoup de musiques différentes mais j'étais dans la posture d'un simple auditeur. Quand le rap est arrivé en France, qu'il s'est propagé et qu'il est tombé dans mes oreilles, il s'est passé un truc. C'était ma musique, je l'ai adoptée, je me la suis appropriée.

J'avais un faible pour le rap français, j'écoutais la Mafia Trece, IAM ou la Scred Connexion. La Scred Connexion, ça me parlait d'autant plus que c'était les mecs de Barbès, juste à côté de chez moi. J'y retrouvais l'ambiance du quartier, leurs textes étaient bien écrits, il y avait les rimes, le flow, tout était en place. À l'époque, on allait chez Bastien (Maska), qui avait une sorte de ghetto blaster, un gros poste noir qui crachait bien le son, et on passait des heures à écouter ces morceaux dans sa chambre. Des heures, des jours. Mais je ressentais quand même une petite frustration par rapport à certains rappeurs : le rap était un truc de banlieusard, et ils ne représentaient jamais Paris. Je ne me sentais qu'à moitié représenté, et avec le recul, c'est peut-être ce qui m'a motivé à le faire moi-même, à montrer qu'on est là aussi. Pour moi, Paris, c'est hyper-important, j'y suis né et j'y ai grandi, j'y ai passé toute ma vie et je voulais que ça se sente dans le texte. En plus, à cette époque, à la fin des années 1990, il n'y avait pas vraiment de rappeur reconnu dans ce qu'on appelle « la 9e Zone ».

J'étais du côté de la rue Milton, dans le haut du quartier. On avait un petit appart, un trois-pièces de quarante mètres carrés, où j'habitais avec mes parents et ma petite sœur. Mes parents ne gagnaient pas beaucoup d'argent mais ils avaient réussi à dégoter cet appart qui était sous loi 1948, donc avec un loyer modique. On ne payait pas cher du tout, c'était un très bon plan. Mais bon, il n'y avait pas que nous à la maison… Mon père est vraiment de culture africaine, dans le sens où même s'il n'y avait que trois pièces, il fallait qu'elles soient remplies. Donc si c'était pas de frères et de sœurs, c'était des oncles ou des tantes, des cousins… J'ai le souvenir d'une enfance très animée. Et puis j'aimais ce quartier, je voulais que ça bouge, que ça avance.

On était même un peu jaloux des mecs de banlieue parce qu'ils avaient de l'espace, ils avaient des terrains de foot. Nous, on s'embrouillait avec la police, on se bagarrait pour pouvoir jouer au foot. Du coup, on s'est intéressés très tôt à la « politique locale », on a même formé le Conseil de la jeunesse au quartier.

On a toujours été actifs dans ce sens, pour qu'il se passe quelque chose, pour que les gens s'en sortent, pour qu'on s'en sorte aussi nous-mêmes. Avec Gims et Maska, on était d'ailleurs assez populaires, on connaissait tout le monde, on faisait même un peu le lien entre les communautés. À Anvers, c'était les Maghrébins, le square Montholon, c'était plutôt des Africains, et Pigalle, c'était mélangé, mais quand ça s'embrouillait, on cherchait toujours à arranger les choses. Cette logique de quartier a été importante pour moi. Pourtant, le neuvième était moins cool qu'aujourd'hui, ce n'était pas le même quartier. C'était beaucoup plus dur, ça vendait du crack, t'avais des toxicos qui venaient pour acheter... C'était pas le quartier bourgeois et tranquille qu'on connaît aujourd'hui.

À l'école, je me débrouillais bien, même si je n'étais pas super-motivé. Mon père aurait bien aimé que je fasse des études, mais la vérité c'est qu'on n'avait pas trop les moyens. J'ai passé un bac pro en comptabilité et j'ai commencé une formation par correspondance avec le CNED, en économie et gestion. J'ai validé quelques matières mais j'ai vite arrêté les cours parce qu'il fallait allonger la thune et on l'avait pas. Mais mon père continuait à me mettre la pression, donc j'ai trouvé du boulot dans une association de consultants. J'étais censé faire du conseil en gestion, mais j'ai fait surtout du secrétariat... Je m'ennuyais à mourir, donc j'écrivais mes textes de rap... et je faisais gaffe à laisser mon daron en dehors de tout ça, parce que la musique, le rap, il n'était pas du tout d'accord. Pendant très longtemps il n'a rien su d'Assonance, de Sexion d'Assaut, je cachais mon jeu. Pourtant, on allait s'entraîner dans ma chambre, et on rappait parfois hyper-fort. Il cognait à la porte à cause du bruit mais il ne captait pas qu'on faisait vraiment de la musique, qu'on était sérieux sur le truc. Il l'a découvert un jour en me voyant à la télé, avec «Wati Bon Son», mais il n'a pas tilté. C'est quand ça a franchement pété, à l'époque de «Désolé», qu'il a halluciné. Il n'avait pas imaginé ce genre de choses pour moi, il était presque choqué. Il pensait que je bossais encore au bureau, dans cette boîte de gestion… Puis, à partir du concert à Bercy, son regard a changé. Il a vu le monde qu'il y avait dans la salle, il a vu l'engouement du public, il s'est mis à me considérer comme un professionnel.

Il n'avait rien capté parce que j'étais discret. Notre musique, on la vivait entre nous, dans la rue, chez les uns et les autres, et c'est ce qui a fait notre force. Très tôt, on s'est fait notre propre école, on s'est structurés entre nous, avec nos différentes éducations – celle de la maison, celle de la rue, celle des plus grands qui nous entouraient, et celle qu'on s'est inventée entre nous. On a toujours été à l'écoute des grands parce qu'on les admirait, mais on s'écoutait aussi les uns les autres, on est liés par une amitié très forte. On s'est auto-éduqués, en quelque sorte… C'était très mûr comme comportement. On avait seize ans ou dix-sept ans et on se disait : « On va devenir des mecs bien. » Même la religion, de mon côté, ça vient en partie de cette logique de groupe, de nos discussions, de nos échanges. Jusqu'à quinze ans, je ne m'y intéressais pas trop, je confondais un peu musulman et sénégalais. Pour moi, la religion, c'était juste une chose culturelle qui allait avec le Sénégal, je la pratiquais parce que mon père la pratiquait, que mes grands-parents la pratiquaient, mais je n'avais pas réellement de repères.

C'est auprès de Lefa que j'ai commencé à développer ma curiosité pour la religion. Je me suis mis à chercher, à bouquiner, j'allais vers tout ce qui était spirituel, j'entrais dans les églises, je parlais avec des pasteurs pendant des heures. Je me rappelle aussi que j'aimais bien parler de la Bible avec les Témoins de Jéhovah. J'étais passionné de Jésus, c'est un personnage qui me fascinait. Et puis ma mère est guadeloupéenne, et avant d'être musulmane, elle était Témoin, donc c'est une culture qui ne m'était pas inconnue.

Quand on était jeunes et qu'on se rendait en Guadeloupe, ma grand-mère nous emmenait au temple, comme ça, juste pour voir, on s'habillait bien, en costard et tout… Je m'en souviens comme si c'était hier.

Parallèlement, j'ai commencé à me mettre bien dans le rap. On avait eu ce premier groupe, 918, puis c'est vite devenu Assonance, avec Lefa, Maska, L.I.O. et moi. Le frère de Lefa, qui rappait déjà, nous a un peu structurés, il nous a enseigné les bases et ça me plaisait, j'étais déterminé à avancer. J'étais tellement passionné que je me déplaçais parfois loin, j'allais voir d'autres rappeurs plus expérimentés, je traînais à droite, à gauche. Je me souviens d'une rencontre avec JP, un mec de Meudon-la-Forêt qui faisait partie de Less du 9, et dont les conseils ont été fondamentaux pour moi. Eux, ils avaient déjà vendu trente mille CD en indépendant, ils étaient super-contents mais lui me disait : « Ne jamais s'exciter, ne jamais croire qu'on a percé quand on a vendu trente mille CD. C'est rien du tout. » Ce conseil m'est toujours resté dans la tête, pas tellement pour le côté humilité, mais plutôt pour le côté ambition. Ça voulait dire : « Au lieu de considérer que t'es arrivé, essaye plutôt d'aller encore plus loin. » Alors je me disais : « Bon, il faut viser haut, très haut même. » Cet épisode a renforcé ma détermination, qui a toujours été un de mes traits de caractère les plus marquants. Je suis déterminé, je sais où je vais et quand je me fixe un objectif, je ne lâche pas, je fais ce qu'il faut pour l'atteindre. À partir de là, j'ai fait les choses méticuleusement, de manière réfléchie. Je me suis dit qu'on ne sortirait rien tant que les choses ne seraient pas pleinement abouties, je voulais que le groupe aille loin et qu'on ne grille pas nos cartouches trop vite. Avec ça, Sexion d'Assaut est devenu un vrai camp d'entraînement ! Surtout après l'arrivée de Gims, qui a amené cet esprit de compétition.

Après, on connaît l'histoire. Mais là encore, je n'étais pas au bout de mes surprises, de mon apprentissage.

Le succès, quand c'est un truc que tu ne connais pas, c'est étrange à vivre. Personnellement, je suis mitigé par rapport à ça... J'aime bien le succès quand il me sert à quelque chose, quand je vais chez le banquier pour lui demander un crédit et qu'il ne se met pas à tousser, par exemple... Mais après, je suis quelqu'un d'assez discret, et ça peut me gêner parfois.

L'aspect photo-toutes-les-deux-secondes, par exemple, ce n'est pas toujours évident pour moi... Et puis t'es au centre des polémiques, et moi qui suis assez impulsif, ça peut me jouer des tours : à la suite de la polémique sur l'homophobie, j'ai même été condamné pour diffamation à cause d'un simple tweet. Je m'étais exprimé sur Twitter, et bam ! procès ! Après, bien sûr, tu vis aussi des trucs très drôles : un jour, un type vient chez moi pour me livrer une gazinière et l'installer. Et là, il me reconnaît et il me dit : « Je suis fan de vous, j'adore votre morceau "Anti-tecktonik". Mais avant j'étais à fond dans la tecktonik, j'étais même un des danseurs que vous avez filmés dans le clip. Du coup on m'a chambré de partout, donc j'ai arrêté, j'ai rasé ma crête et maintenant, j'écoute Sexion d'Assaut. »

BONNE CONSCIENCE...

Un des premiers morceaux qu'on a faits, avec la Sexion ou avec Assonance, c'était un truc sur la drogue au quartier, un texte plutôt axé prévention. Ça s'appelait simplement « La drogue », je crois. Pour l'enregistrement, c'est le père d'un ami de Lefa qui nous avait accueillis dans son studio en se disant : « Oh, ils sont mignons ces gentils petits garçons de treize ou quatorze piges qui font un morceau contre la drogue. » Alors que parmi nous, la drogue, il y en avait qui la fumaient, d'autres qui la vendaient, mais bon... On s'arrangeait avec notre conscience. Et là, après l'enregistrement, on part du truc, on avait bossé, on était contents, et Maska sort un bout de shit et se met à rouler. Et juste à ce moment-là, le mec du studio passe dans la rue et tombe sur nous... Bon, il n'a rien dit mais on était assez mal à l'aise, c'était bizarre. Ça mettait un peu en lumière cette ambivalence qu'on a, ce côté positif des mecs qui font quand même un peu des conneries de temps en temps.

BIEN QUE LA RUE SOIT EN BÉTON ELLE CONSTRUIT PAS DES MECS SOLIDES

Maska

Nom : **Bastien Vincent**

Date de naissance : **21 mai 1985**

Lieu de naissance : **Paris**

Pseudos : **Le Blanc, Le Roi de la Lozère**

Aussi loin que je me rappelle, j'ai toujours eu besoin de m'affirmer, de sortir de la case dans laquelle on cherchait à me mettre. Je suis comme ça parce que dès le début, je ne me sentais pas à ma place, je vivais dans une sorte de paradoxe. Aujourd'hui encore, je suis le Blanc au milieu des Noirs et des Arabes, ce qui intrigue les gens des deux côtés. Déjà, mes parents étaient des artistes soixante-huitards et enfant, je ne me suis jamais senti à ma place, y compris socialement.

J'ai grandi en étant pauvre dans un quartier riche ; je ne suis pas à un paradoxe près ! Quand j'étais môme, je me souviens des réflexions de mes camarades qui venaient chez moi. Ils disaient tout le temps : « Oh, c'est vraiment tout petit chez toi. » Et c'était le cas, on habitait un petit appartement sous les toits au sixième étage, eux vivaient dans des lofts immenses. J'ai grandi avec cette sensation de décalage, de malaise.

J'avais l'impression de faire tache – ce dont je parle un peu dans le morceau du même nom. Du coup, j'ai cherché à m'affirmer par tous les moyens, et pas toujours les meilleurs au début. Mais je voulais marquer ma différence, me faire respecter pour ce que j'étais, casser les clichés, les préjugés qu'on peut parfois avoir sur moi.

C'est sans doute pour ça que je me sens très proche de Black M. C'est marrant, on a eu un peu le même parcours : il a grandi dans le septième arrondissement, un coin où personne n'était vraiment comme lui, et il ressentait cette frustration, comme il le dit dans « La tache ». C'est aussi pour ça que je suis devenu ami avec Adama dès qu'on s'est rencontrés, il y a plus de vingt ans : dans l'école où on était, il n'y avait quasiment que des Blancs, et lui, au milieu, il ressemblait à son tour à cette tache. J'ai compris tout de suite ce qu'il vivait, ce qu'il ressentait, j'ai eu envie de le protéger, et on est très vite devenus potes. Je me souviens qu'un jour où il s'était pris une rouste par son père, je l'avais même aidé à planifier une fugue. J'avais préparé un plan : on était censés partir se réfugier dans mon village d'origine, dans les Cévennes, où on devait se planquer, se nourrir de racines végétales et trouver un peu de boulot, comme ça, sans se faire remarquer… C'était un peu naïf, évidemment, mais c'est comme ça que je voulais l'aider. Manque de bol, on n'a pas eu l'occasion d'aller bien loin : on s'est fait rattraper vite fait à la porte de l'immeuble.

On traînait tout le temps ensemble, on a un peu découvert Paris ensemble, c'était un vrai terrain de jeu pour nous. Comme mes parents étaient plutôt cool niveau éducation, je pouvais sortir sans trop de problème, on traînait au square ou dans le métro, on jouait dans des caves rue de Paradis. On chourrait aussi pas mal à l'époque. On tirait des poulets grillés au restaurant du Louvre, on traînait aussi beaucoup aux Galeries Lafayette, où on se faisait courser par les vigiles. Il fallait être vif, rapide, c'était génial ! Mais on était très jeunes et c'était surtout pour se marrer. On se sentait comme dans les films d'action plutôt que dans une démarche de délinquants, on faisait ça pour l'adrénaline, c'était pas méchant. D'ailleurs, j'étais heureux à cette époque, j'avais pas vraiment de problèmes. Le seul truc, c'est que les parents n'avaient pas énormément d'argent. Par contre, ils m'ont donné plein d'amour.

Niveau conneries, c'est au collège que c'est devenu un peu plus tendu. Je me suis rapproché de la rue à cette époque-là, je me suis mis un peu dans les bêtises, je vendais du shit, j'arrachais des portables... Toutes sortes de *bails* à base de petits cambriolages, des trucs comme ça. Ça devenait dur. Et surtout, c'est à cette époque que j'ai commencé à faire ce qu'on appelle des descentes, des bastons. On part en équipe et on va régler nos comptes. C'était encore ma volonté de m'affirmer, d'être quelqu'un, qui était en jeu là-dedans. J'étais le seul Blanc de la bande, j'avais la sensation d'avoir tout à prouver, je pensais qu'il fallait que je me batte encore plus. On est un petit quartier, le neuvième, donc on partait faire des démonstrations dans les quartiers des autres, on rassemblait du monde, on débarquait des fois à quatre-vingts, en équipe, et ça nous a poussés à faire des choses parfois stupides. On s'est aussi fait tirer dessus, plusieurs fois. Même les flics hallucinaient de voir que c'était à balles réelles. Un jour, je me suis pris la tête avec un type qui m'avait traité de sale Blanc. Le lendemain, sur un coup de sang, je suis allé direct dans sa cité accompagné de Gims que j'avais croisé en route. J'ai voulu me battre avec le type, mais il s'est dégonflé. Un de ses potes plus âgé a pris sa place, furieux que j'aie osé les provoquer dans leur quartier. J'avais le dessus mais je voyais en même temps que les gars de son équipe m'encerclaient petit à petit. Ça sentait mauvais, je commençais à avoir peur pour moi. Gims a réussi à faire diversion et à m'attraper. On a quitté les lieux direct, sans qu'ils m'aient passé à tabac. J'ai évité quelque chose qui aurait pu m'être fatal. C'est un des trucs les plus irresponsables que j'aie faits.

Quand t'es jeune, tu ne te rends pas compte que tu passes à côté de la mort, tu la frôles sans cesse, jusqu'à ce qu'il y en ait un qui y reste. Et ça nous est arrivé aussi. Quand je vois les petits du quartier qui partent là-dedans, j'ai envie de leur dire : « N'attendez pas qu'il y ait un mort pour y réfléchir. Calmez-vous maintenant. »

Avant un certain âge, tu ne comprends pas toujours, tu es dans cette spirale où t'es jeune et dangereux. C'est entre quinze et vingt ans que tu es le plus dangereux, pour toi comme pour les autres, parce que t'es un peu perdu dans ta tête, tu cherches à prouver des choses. Je n'ai jamais écrit de texte spécialement là-dessus, j'ai juste glissé parfois de petites références, mais cette période m'a beaucoup marqué. Ça aurait pu me coûter cher.

Le rap m'a un peu sorti de ça, la religion aussi, mais tout ça n'était pas du tout planifié. Je ne me suis pas dit : « Merde, ça devient chaud, je vais partir dans la musique. » Les choses sont juste arrivées comme ça, en parallèle d'ailleurs puisque l'argent du shit nous permettait aussi de payer le studio. Le rap, ça m'a pris à l'époque de Doc Gyneco, du Secteur Ä. J'étais aussi très fan de la Scred Connexion, je me retrouvais là-dedans parce qu'ils étaient comme nous, des mecs de Paris intramuros, très rue. Et comme leur truc marchait bien, ça me motivait aussi, ça pouvait marcher pour la Sexion. J'étais très branché rap français. D'autres, comme Gims, étaient plus dans le son américain, il écoutait des trucs à la Sisqó ou autre. Mais moi, j'ai pas eu du tout ce genre d'éducation à la Michael Jackson. Mes parents me ramenaient plutôt les Beatles, les Rolling Stones, Johnny Clegg, des trucs qui étaient à la mode à leur époque, dans les années soixante, parce qu'ils sont un peu les héritiers de ça. Et Boby Lapointe, aussi, que j'aime bien. Bref, quand j'ai découvert le rap, je me suis mis à fond dedans, avec Adama. Il y avait que ça qui nous intéressait, on était beaucoup plus branchés rap que culture hip-hop. On dansait un peu, mais vite fait, je gribouillais aussi mais j'étais pas vraiment graffeur. On ne s'est jamais réclamés de la génération hip-hop, avec ce côté communautaire, les valeurs machin, tous ces trucs qui étaient importants pour les « grands frères ». C'est quelque chose qui ne nous parle pas, on est juste une autre génération.

À une période, on faisait pas mal de sons chez mes parents, on passait des nuits blanches à écrire et à rapper, belle époque. Mes parents étaient tolérants, artistes dans l'âme, ils aimaient bien que mes amis viennent à la maison, ils kiffaient cette ambiance. À ce niveau-là, je dois reconnaître que j'ai eu une éducation cool, et je voyais bien que j'étais le seul « Français » à être éduqué de cette façon. Je pouvais sortir, les autres étaient bloqués chez eux. En fait, mes parents étaient « autrement ». Par exemple, on n'avait pas de télévision ni de console de jeu, mais c'était pas grave. Ma mère me disait souvent : « Il faut que tu t'ennuies. » C'est important d'apprendre à s'ennuyer, mais je ne comprenais pas trop quand j'étais petit. Au final, ça m'a apporté une façon de réfléchir, une autre manière de voir les choses, un aspect critique sur la société, et une sorte d'amour de la réflexion. Je regrette parfois de ne pas avoir assez de temps pour tout ça, pour apprendre, réfléchir et me cultiver.

Avoir des diplômes et continuer à apprendre, je crois que ça m'aurait plu. J'étais pas mauvais à l'école, d'ailleurs, j'ai eu mon bac et j'avais même commencé des études.

Je ne regrette pas ma carrière musicale, bien entendu. Là aussi j'avance, je ne fais pas la même chose qu'il y a dix ans. Je n'ai jamais étudié le solfège mais j'ai développé mon propre langage, ma réflexion musicale, et surtout, j'ai bossé, bossé, bossé. Ça ne paraît pas de l'extérieur mais faire partie de Sexion d'Assaut, c'est beaucoup de travail. Pour mon album solo, c'est pareil, c'est un vrai travail de concentration, de réflexion, comme par exemple sur le choix des invités. À qui je vais demander de chanter tel passage, de jouer tel piano ? Je sais que plein de gens ne voient pas les choses comme moi, je connais plein d'artistes qui veulent absolument chanter tout leur truc, ne laisser de place à personne. Moi, si je sens que ça pousse la musique plus loin, je trouve ça mortel que d'autres puissent venir chanter un refrain. Ça reste mon projet, mais il est meilleur. C'est beau de respecter la musique, et de ne pas se dire, par pur égocentrisme : « C'est mon projet, j'interprète tout. »

La musique m'a finalement donné une autre possibilité d'exister. Avant, je me bagarrais dans la rue parce que c'est comme ça que ça marche, parce que c'est une manière d'exister. Alors qu'avec la musique, et le succès en prime, je suis devenu beaucoup moins susceptible, je me suis affirmé dans ce que je fais, j'ai gagné confiance en moi, j'ai acquis aussi une certaine stabilité. Soyons honnêtes, c'est valorisant de réussir. J'ai grandi, j'ai avancé, j'ai atteint quelque chose d'autre. Bon, après, je vais peut-être pas rapper jusqu'à trente-cinq piges, ou alors je ferai de la musique autrement, je réfléchis un peu à tout ça. Ça me plairait d'aller vers le cinéma, par exemple. Et puis je trouve qu'à quarante piges, sur scène avec une casquette, t'as l'air un peu ridicule. C'est pas les States, ici.

SI DIEU VEUT...

L'autre chose qui a aussi compté dans mon parcours, c'est la religion. Je me suis converti à l'islam durant mon adolescence. Mon chemin religieux a été progressif. Pendant quelques années, c'était plus un partage avec les autres, ton cœur se sent investi mais sans en comprendre complètement les principes, les fondements. Et puis, c'est devenu plus personnel, je me suis senti poussé vers ça. À un moment donné, tu t'investis vraiment, tu te plonges dans les textes et tu saisis leur importance. Mon voyage en Afrique avec Adama a aussi énormément compté, parce que quand on se retrouve en terre musulmane, on appréhende beaucoup mieux l'islam, on le vit, on le ressent. Ça m'a donné une vision des choses absolument différente... On se détache de ce qui est sans importance, on n'est pas dans l'amour extrême des choses de ce monde parce qu'on a conscience que de toute façon, on va les abandonner.

Pour faire
un tabac,
mieux vaut
s'appeler
PHILIP
MORRIS
QUE CAMEL

Nom : **Lionel Dahi**

Date de naissance : **23 mars 1985**

Lieu de naissance : **Abidjan**

Pseudos : **L.I.O. Pétrodollars, Saoudien noir, Veste Adidas, Mesrine, Satanas**

La musique ça a toujours été mon truc. Je suis né dans une famille de mélomanes et ça fait partie de mon univers depuis l'enfance. Ma grand-mère était danseuse, ma mère écoutait des tas de choses, il y avait tout le temps de la musique autour de moi quand j'étais petit. Plus tard, mon frère et mon oncle ont pris le relais. Mon frère écoutait du rap, c'est même lui qui m'a mis dedans, et mon oncle était à fond dans la funk. En gros, j'ai grandi entre la musique africaine, Wu-Tang et Prince. C'était un bon départ !

Niveau rap, ma première gifle, ça été Wu-Tang Clan. J'étais encore en primaire, et le soir, pendant que je faisais mes devoirs et que je m'occupais de mes petits frères, le grand mettait du son. Et comme c'était petit chez nous, tout le monde en profitait. Je faisais mes devoirs dans cette ambiance, et je me disais : « Putain, mais c'est mortel, ce truc ! » Je crois que c'est pour ça que j'ai toujours eu une certaine facilité pour l'écriture rap, parce que j'ai très tôt baigné dedans. Le premier texte que j'ai écrit, je devais avoir onze ans, et ça m'a paru super-naturel, presque facile.

À côté de Wu-Tang, IAM reste un de mes groupes préférés. « Petit frère », « Nés sous la même étoile », et tous ces clips super-bien réalisés… Indémodables, inclassables. Des génies. Niveau rap français, Kery James m'a aussi beaucoup marqué, parce que c'est un des seuls à incarner des vrais principes. Il y a encore quelques années, le rap était une musique militante, antimatérialiste, et même si les choses ont changé, Kery lui, il est resté droit. La majorité du rap actuel, c'est bling-bling et compagnie, c'est-à-dire des mecs qui se plaignent du système mais qui en réalité nagent à fond dedans. Il faut la belle voiture, faut ceci, faut cela... Kery James est en dehors de tout ça, il est comme une sorte de guide et c'est pour ça que je l'apprécie beaucoup.

Ça a été important pour moi, à un moment de ma vie où j'étais un peu livré à moi-même. Je sais que je ne suis pas seul dans ce cas. Les parents taffent, ils n'ont pas beaucoup de temps à nous consacrer, on est nombreux à la maison, et on se tourne vite vers la rue. Personnellement, l'amour que je trouvais pas à la maison, je l'ai parfois trouvé dans la rue. C'est triste à dire mais à l'époque je me sentais plus à l'aise dans la rue que chez moi. J'y passais tout mon temps : dès que je finissais les cours, j'étais dehors, je rentrais juste pour dormir. Et là, c'est facile de déraper, ça va aussi avec la bêtise de l'âge. On était un peu des enfants perdus... Avec le recul, je me dis qu'on a gâché notre temps à cette époque, même si ça fait aussi de très bons souvenirs. Mais disons que dans ce genre de situation, on n'a pas besoin que les rappeurs en rajoutent, et c'est pour ça qu'un mec comme Kery James est important. La musique a un impact. J'y pense beaucoup quand j'écris, je suis très attentif à ce que disent les rappeurs, et aussi très critique.

En tout cas, ce genre de rap m'a un peu guidé, parce que je n'ai pas eu une enfance super-simple. Je suis arrivé en France à l'âge de trois ans, seul avec ma mère. On venait d'Abidjan pour rejoindre mon frère qui était déjà en France. On habitait à je ne sais pas combien dans un petit studio, rue de Budapest, dans le neuvième. C'était un peu un choc pour moi, je parlais comme un petit Africain, j'avais l'accent et tout, et mes cousins me chambraient tout le temps là-dessus. C'était dur, mais il y avait quand même le côté « union africaine », la grande famille, les cousins, les sœurs, on s'entraidait pas mal. Quand j'ai eu treize ans, on a déménagé à Asnières, dans un HLM, et c'est là que j'ai compris à quel point j'aimais Paris. On avait plus de place, mais la vie parisienne me manquait ; je me sens vraiment parisien dans le fond. Donc j'y passais tout mon temps.

Et comme j'étais toujours à l'école à Paris, j'allais souvent dormir chez mon cousin qui habitait notre ancien quartier. C'est lui qui m'a présenté Adama, Maska et les autres de la 9e Zone.

Pendant toutes ces années, je n'ai jamais vu mon père. Il vivait aux États-Unis, et je devais avoir quinze ans la première fois que je l'ai rencontré. Il était de passage à Paris, et ma mère avait insisté pour que je le voie. J'ai donc pris le train pour Bondy, mais en arrivant à la gare, j'ai eu peur et j'ai fait demi-tour. J'ai inventé une excuse bidon à ma mère, mais elle m'y a renvoyé direct... Ça m'a fait très bizarre de le voir, parce que comme j'ai grandi sans lui, je m'étais mis en tête que le père, ben... c'était moi. Et là, on vient me voir et on me dit : «Voici ton père ! » Je l'ai revu quelques années plus tard, quand je suis parti à Boston après mon bac, je logeais chez lui mais ça ne s'est pas très bien passé. Il a cette mentalité autoritaire du père à l'africaine, et comme moi je suis ma propre autorité, ça a clashé. Je suis alors parti pour New York où je suis resté vivre deux ans de plus.

Les États-Unis, j'aime beaucoup. Ça me change de la France, c'est autre chose. Déjà, c'est là-bas que j'ai découvert le travail, un truc que je n'avais jamais fait en France. À Paris, j'étais dans la matrice de rue, style : « On bosse pas, on fait du biz, on se débrouille, et on va devenir des stars du rap. » Mais au final tout le monde n'arrive pas à s'en sortir de cette manière, c'est un peu aléatoire. Aux États-Unis, j'ai appris la valeur du travail, parce que je me suis retrouvé tout seul, à vingt et un ans, sans parents, sans famille... J'étais pas du tout en mode musique, j'étais en mode super-terre-à-terre, et il fallait se mettre au taf pour se loger, manger. Je suis passé chez McDo, puis chez Starbucks où j'étais supervisor. C'était une période travail à gogo, j'avais parfois deux boulots en même temps, je ne m'arrêtais jamais, c'était complètement ouf. Mais je m'y plaisais, je me démerde très bien en anglais depuis le collège, et j'ai toujours aimé la civilisation anglo-saxonne.

Pendant que j'étais là-bas, les gars avançaient bien à Paris, ce qui fait que je n'ai pas forcément été sur tous les sons, qu'on m'a parfois considéré comme un électron libre qui va et vient... Mais pour moi, c'était du sérieux. Je connaissais Adama et Maska depuis la sixième, on est des amis d'enfance, j'ai vécu la Sexion depuis le début. Je rappais déjà avec

Maska et Adama dans le groupe Assonance avant de partir aux States, et Sexion d'Assaut est né à cette période. C'est d'ailleurs moi qui ai trouvé le nom du groupe. Ça remonte à loin.

J'avais entendu ce nom à la télévision, sans vraiment y faire attention, et je trouvais qu'il sonnait bien.

À l'époque, j'avais baptisé mon premier groupe Sexion Enfants Sauvages. Les rappeurs aimaient bien ce genre de nom un peu militaire, comme L'Skadrille, des trucs comme ça. Je me disais que, plus tard, je formerais un grand crew qui s'appellerait Sexion d'Assaut, qu'on serait plein, de tous les coins de France, un truc à la Wu-Tang. Et un jour, Adama vient me voir en me disant qu'il veut monter un collectif pour réunir tous les rappeurs du quartier. Je lui ai dit : « Vas-y, on appelle ça Sexion d'Assaut. » Il a acheté direct, tout le monde a acheté pareil, et c'est parti comme ça.

Après, on nous fait des remarques comme quoi c'est un truc qui vient du IIIe Reich et des nazis, mais pour nous, c'est juste un nom et on ne voulait plus le lâcher. Pas besoin de préciser qu'on est très loin de la SA nazie ! Après, c'est vrai que moi qui étais bon en histoire, je crois que le jour où j'ai entendu ce nom à la télé, soit je somnolais, soit j'ai zappé…

Le groupe n'en était pas au même point qu'aujourd'hui, on n'avait pas encore rencontré Dawala. Les autres membres du groupe l'ont rencontré un peu plus tard, pendant que j'étais aux States. J'étais loin, mais j'ai suivi tout ça par téléphone et sur Internet. Je me souviens d'avoir vu «Anti-tecktonik» sur le web, et j'avais trouvé ça énorme, j'avais senti que ça allait cartonner, j'étais content. Donc quand je suis rentré en France, en 2008, je me suis mis dedans direct. Mais là, Adama m'a pris entre quatre z'yeux parce qu'il ne voulait pas qu'on rate notre chance. Il m'a dit : «Écoute, tu rentres des States, là, mais nous, on a fait des trucs entre-temps, on a avancé, techniquement, musicalement, donc tu ne peux pas débarquer comme ça. Il faut reprendre du niveau, comme un footballeur. Et puis cette chance, on ne l'aura pas quinze fois, donc on ne peut pas faire n'importe quoi...» Ça m'a fait un peu mal cette longue conversation, mais je respecte beaucoup Adama pour ça. Il fallait qu'il le dise et il l'a fait. Et moi, de mon côté, j'ai fait ce qu'il fallait. J'ai recommencé à travailler le flow, l'écriture... J'ai été peu présent sur *L'Écrasement de tête*, mais ça venait de moi, c'était de ma faute. Et puis je me suis rattrapé par la suite...

L.I.O. ?

À la base, je m'appelais Mesrine, parce que je kiffais le personnage, je kiffais le délire. Et puis quand Black Mesrimes est arrivé, j'ai finalement changé de nom, je me suis appelé Satanas. Ça m'allait bien, parce que j'adorais foutre la merde, j'étais toujours celui qui avait une mauvaise idée derrière la tête. Mais les autres n'étaient pas super-chauds avec ce blaze, ils étaient même assez mal à l'aise. Satanas, c'est un peu le diable, quoi... Et en fait c'est eux qui ont commencé à me présenter sous le nom de Lio dans nos vidéos. Je leur en ai un peu voulu d'ailleurs au début. Lio, ça me dérangeait un peu parce que c'est le diminutif de mon prénom, Lionel, et c'est ma mère qui m'appelait comme ça à l'origine, donc c'était un peu de l'intime. Du coup, j'ai changé le Lio en L.I.O. et c'est devenu un sigle qui voulait dire tout un tas de trucs : Logique, Intense, Original ; Loyal, Intègre, Orgueilleux ; Libyen, Ivoirien d'Origine. Après, Pétrodollars, ça vient d'un délire avec un pote incarcéré à qui j'écrivais, et c'est devenu un concept, genre le Saoudien noir, la pétrolette du dollar, des tas de trucs dans tous les sens...

On m'a dit
« jette-toi à l'eau »,
j'ai bu la tasse.
J'ai voulu remonter
à bord, y avait
plus de place.
Là, j'ai compris
qu'ici souvent, c'est
chacun pour soi.

Lefa

Nom : **Karim Fall**

Date de naissance : **28 novembre 1985**

Lieu de naissance : **Paris**

Pseudos : **Fallou, L'Homme mystère**

Je n'ai pas grandi dans le neuvième arrondissement, contrairement à la plupart des membres du groupe. J'habitais un peu plus haut, au bord du dix-huitième, dans le quartier des Abbesses. Mais dans le fond, c'était aussi un quartier populaire, et j'ai eu finalement un peu la même enfance que les autres. On habitait un deux-pièces, où vivait aussi mon frère. Aussi loin que je me rappelle, j'ai toujours baigné dans l'atmosphère très artistique de ce quartier bohème. Déjà, à la maison, j'étais à bonne école : ma mère bossait avec une école de danse, et mon père était batteur, percussionniste. Il a fait une belle carrière, je crois qu'il a joué avec à peu près tout le monde, d'Ornette Coleman à Dexter Gordon. Il vient du Sénégal, il fait partie du mouvement jazz africain et c'est aussi pour ça qu'il était très apprécié ; il fait rugir l'Afrique dans sa musique, un peu comme les mecs du hard-bop, les jazzmen de son époque. Ça me met une certaine pression quand je regarde son parcours aujourd'hui, mais je n'en ai jamais pris ombrage, puisque moi, mon truc, c'est le rap, et puis c'est une autre époque. Mon grand frère en écoutait pas mal, c'est un peu lui qui m'a fait découvrir les grands classiques, des choses que j'ai transmises aux autres membres du groupe par la suite.

C'est Adama que j'ai rencontré en premier, je crois. C'était dans une sorte de fête dans le quartier, à l'époque où on appelait ça des « boums ». On devait avoir treize ans, quelque chose comme ça, et on s'est mis à traîner ensemble assez rapidement. Puis j'ai rencontré Maska, puis les autres. On se marrait bien, dès le début.

Je me rappelle que mon père nous trimballait dans sa camionnette bleue et on allait jouer au foot. Cette camionnette est devenue légendaire, tellement on s'en est servi. Tous les membres du groupe s'en souviennent. Mon père ramassait les mômes du quartier et on partait tous ensemble, c'était une période assez heureuse.

Bien sûr, on commençait à faire de petites bêtises, mais ce n'était rien de méchant.

Avec les autres, on a rapidement monté notre premier groupe de rap, qu'on a baptisé 918, soit la réunion du neuvième et du dix-huitième. Sexion d'Assaut était encore loin d'exister, on débutait, c'était un peu approximatif, mais moi j'adorais déjà ça. Je crois que j'ai compris tout de suite ce qu'il y avait à comprendre dans le rap, et c'est devenu mon truc. Au départ, j'avais quand même un autre passe-temps qui m'occupait beaucoup : le breakdance. Ça, ça m'a toujours branché, je dansais beaucoup. J'ai eu une vraie période break, qui correspond d'ailleurs à une époque où j'ai pris mes distances avec les autres. On ne me voyait pas beaucoup au quartier. Je bossais ma danse, je travaillais mes phases, j'allais danser aux Halles ou à la Défense, de manière parfois assez solitaire. Maska et Adama me suivaient de temps en temps mais ils n'étaient pas vraiment dedans. Moi, à l'époque, j'avais ça et la religion ; c'était les choses les plus importantes de ma vie. J'en avais besoin.

Je vivais la rue, mais pas vraiment de la même manière que les autres. C'est d'ailleurs un truc qui m'a marqué : pendant ma période breakdance, j'étais un peu éloigné d'eux, et quand je suis revenu, quelque chose avait changé. Avant, quand on était adolescents, on faisait quelques conneries, on cassait des vitres, des trucs comme ça, mais ce n'était jamais méchant. Mais quand je les ai retrouvés ensuite, c'était différent. Ils avaient aussi vécu la rue, ils avaient avancé comme ça, mais pas de la même manière.

Ils étaient entrés dans un truc plus violent, les bagarres, les descentes, le business. C'était la rue, mais en plus dur, en plus sombre. Je ne comprenais pas leurs délires, je leur disais : « Mais pourquoi vous traînez avec tel ou tel mec trop chelou ? »

Pour moi, les choses étaient claires : quand j'ai refait surface auprès d'eux, c'était pour le rap, et je voulais que ça avance. Comme je suis quelqu'un d'entier, je me suis jeté dans le rap comme je m'étais jeté dans le breakdance. Je ne fais rien à moitié, j'ai toujours été comme ça. Et comme les autres étaient dans le rap, mais aussi dans des tas de trucs chelous, des histoires parallèles, je me suis dit qu'il fallait que je sois un moteur.

Je suis arrivé avec ma culture rap, mais aussi des idées de communication, d'organisation, de marketing. Je voulais être hyper-présent, et j'étais surtout hyper-exigeant, avec les autres comme avec moi-même. Je disais tout ce que je pensais à tout le monde, même si parfois ça coinçait. Je leur prenais la tête, mais je pense que je les motivais aussi beaucoup. Pour moi, les choses étaient claires, car je n'avais pas d'autre option dans la vie : je me suis toujours ennuyé à l'école, j'ai quitté le circuit à quatorze ans parce que je voulais apprendre par moi-même, danser, voir et faire autre chose. Alors quand je me suis découvert cette passion pour le rap, il fallait que j'aille au bout. Même aujourd'hui, en studio, je suis encore comme ça. Il faut que ça avance, je mets mon grain de sel partout. Mais la contrepartie, c'est que j'assume tout. J'ai toujours tout géré : ma famille, mon parcours, mes réussites et mes erreurs. La polémique sur l'homophobie, je l'ai endossée et je l'ai réglée moi-même, parce que j'estime que ce sont mes propos qui l'ont déclenchée, que j'en suis responsable. À l'époque, vis-à-vis des autres membres, j'ai considéré que c'était à moi de régler le problème, et c'est ce que j'ai fait en allant rencontrer les associations et tout ce qui a suivi. Je ne laisse jamais aucune situation pourrir, ce n'est pas dans ma nature.

En regardant mon parcours, je constate que j'ai toujours été très nomade, solitaire. Un peu comme Gims, avec qui j'ai d'ailleurs développé une relation très forte.

Ce sont les autres qui ont rencontré Gims en premier, pendant que j'étais dans ma phase breakdance et qu'on ne se voyait plus trop, mais quand ils me l'ont présenté, on s'est captés direct. Il a une personnalité à la fois très sociable et en même temps très solitaire, exactement comme moi. On est devenu très proches, et on l'est toujours. À une époque, on se refilait même des plans de boulot. On s'est retrouvés à aller bosser ensemble à Eurodisney. On se tapait des barres sur les attractions du parc, c'était une bonne période, même si ça taffait quand même dur.

Et puis il y a eu le succès, les disques d'or et tout ce qu'on connaît. C'était génial, c'était grisant. Mais aujourd'hui, je reprends ma liberté, je retourne dans une phase plus solitaire. J'ai toujours eu besoin, périodiquement, de me retrouver avec moi-même, face à moi-même, de me replonger dans une forme de spiritualité. Je suis très sociable – c'est souvent le trait que les gens retiennent de moi – mais dans mon cas, être sociable est quelque chose d'épuisant. C'est épuisant parce que quand je suis avec les autres, je veux connaître tout le monde, je veux participer aux projets, imprimer ma marque, être là, avancer, faire les choses. J'ai le cerveau en ébullition. Alors de temps en temps, notamment aujourd'hui, après le succès énorme et déstabilisant que nous avons connu avec Sexion d'Assaut, j'ai besoin d'aller me ressourcer, d'avoir l'esprit en paix, de retrouver mon équilibre. J'ai besoin de cette part de spiritualité, comme j'en ai souvent eu besoin par le passé, et comme j'en aurai encore besoin dans le futur.

BOSSER, BOSSER, BOSSER

Je suis perfectionniste, je déteste les trucs approximatifs. J'ai toujours été comme ça, quelle que soit la discipline à laquelle je me consacre, que ce soit la danse, le rap ou autre chose. Quand je décide de faire quelque chose, je m'en donne les moyens, parce que si ça n'aboutit pas, ça ne sert à rien. Déjà, au tout début de Sexion d'Assaut, je pistais nos faiblesses, ces petites lacunes qu'on pouvait avoir sur scène ou sur nos enregistrements. Ce sont parfois des détails, des choses dont les autres ne se rendent pas forcément compte, mais qui contribuent à la qualité globale. Et quand on est en studio, c'est pareil : je surveille tout. De l'enregistrement au mix, j'essaie d'être présent à tous les postes. Il y a une vidéo marrante qui tourne sur le web où on voit très bien ça. C'était pendant le mastering de *L'École des points vitaux* : je suis aux fourneaux pendant que les autres glandent dans des canapés, à jouer à PES ou à faire je ne sais quoi. Je suis le mec qui charbonne, qui vérifie les *edits*, qui est attentif au moindre détail. Et forcément, je suis aussi celui qui fait des remarques aux autres, du type : « Là, à tel moment, t'as posé un tout petit peu en décalage, il faudrait le refaire, etc. » Je partage un peu cette tâche avec Adama. Lui et moi, on est tout le temps là, on surveille tout, on vérifie, on revérifie, on réécoute les versions...

La vie est une punchline, la mort en est une autre

Maître Gims

Nom : **Ghandi Djuna**

Date de naissance : **6 mai 1986**

Lieu de naissance : **Kinshasa**

Pseudos : **Meugui, Meuguiwarano, Le Fléau**

Maska raconte toujours cette anecdote : la première fois qu'il m'a vu, je faisais des saltos arrière devant le collège ! Ça l'a marqué, il a halluciné ! À cette époque, j'étais dans la capoeira, et ce genre de figure vient de là. Ça faisait vraiment partie de ma vie, c'était tous les jours, tout le temps, c'était mon truc du moment. Mais ce jour-là, j'ai surtout fait un salto parce que juste avant, j'avais vu Adama taper une coupole (figure de breakdance). Adama en coupole, c'était dingue ! Et comme j'aime bien me la raconter, je leur ai dit : « Ouais, moi aussi je sais faire des trucs, viens on sort. » On sort, je grimpe sur cette espèce de barrière qu'il y a devant tous les collèges en ville et bam, je tape le salto arrière ! Ça a fait de l'effet, ça a impressionné pas mal de monde… Et c'est comme ça que j'ai fait la connaissance avec les autres.

À cette époque-là, j'étais pas super-bien dans ma vie. J'ai eu une enfance un peu compliquée, une adolescence mouvementée, ma vie personnelle a longtemps été instable.

Mes parents sont arrivés du Congo quand j'avais deux ans, ils n'avaient pas de papiers, ils fuyaient la dictature et la pauvreté, c'était assez dur. J'ai grandi entre les studios minuscules, les expulsions, les squats, des choses qui t'empêchent d'être vraiment serein, même quand t'es gamin. Plus tard, quand on a bougé vers le neuvième arrondissement, j'ai connu les familles d'accueil, les foyers. Mes parents n'étaient plus ensemble, mon grand frère était en taule, j'avais plus d'endroit où aller, plus de lieu où dormir. Du coup je passais souvent la nuit chez Maska, qui habitait juste à côté.

J'ai toujours été une sorte de nomade, finalement, un itinérant. Assez jeune, j'allais me promener au lieu d'aller en cours. L'année de ma troisième, je crois que c'était la pire, je n'allais quasiment jamais en cours. Je traînais dehors, j'écrivais des textes... L'école, les études, ça n'a commencé à me motiver qu'un peu plus tard, quand je suis allé du côté de Corvisart pour suivre une spécialisation en dessin et graphisme. Là, c'était mon univers, ça me plaisait. J'ai toujours dessiné, j'ai toujours aimé me retrouver dans ce monde-là, dans des trucs un peu imaginaires. Mais malgré ça, j'ai tout arrêté brusquement au bout de la deuxième année, et j'ai repris ma vie de nomade. Et là, je suis vraiment devenu un arpenteur, je marchais, je marchais dans Paris.

J'étais tout le temps dehors, dans la rue, à réfléchir à des tas de trucs, à rêver en fumant du shit. Je ne faisais que ça. Je traçais, je fumais, je buvais un peu aussi. Je dormais à droite, à gauche, des fois dans des squats, des fois chez Lefa. J'ai même été hébergé quasiment un an chez Maska. Je me réfugiais dans des mondes virtuels, dans mon imagination, je suis un grand fan de mangas, un gros consommateur de jeux vidéo. Je le suis un peu moins aujourd'hui mais j'ai eu une vraie période geek, j'avais toujours un jeu vidéo à finir, toujours un truc sur le feu, des RPG, des jeux d'aventures compliqués, avec des tas d'énigmes. C'était à l'époque de Rival School, un jeu fabuleux sur lequel j'étais à bloc ! J'avais pas une thune, évidemment, mais je passais du temps dans les magasins de jeux à regarder, à me tenir au courant des actualités. Les mangas, c'est pareil, j'adorais ça, et j'ai jamais lâché, d'ailleurs. Aujourd'hui encore, je suis sur *Naruto, One Piece,* ce genre de choses. *One Piece,* c'est grandiose, c'est la dernière vraie gifle que j'ai prise niveau BD. Tout ça, pendant des années, c'était une manière de m'évader, je vivais dans ma tête avec ça, j'imaginais des mondes, des scénarios. D'ailleurs, c'est pas un hasard si c'est moi qui ai trouvé le nom de notre premier album, *L'École des points vitaux*. C'est une référence à un dessin animé que j'aime beaucoup, *Hokuto no Ken* (« Ken le Survivant »). Ce titre, c'est comme une plongée dans cet univers de manga, de Japon, d'arts martiaux… C'était du oim tout craché. Et puis, quand même, tu redescends parfois et tu te dis : « Oh purée… Tout ça n'est pas réel du tout… Je suis là quoi, je suis à Paris ! »

Pendant une période, j'ai aussi fait un peu de théâtre, j'ai même joué dans des pièces de Molière : *Le Bourgeois gentilhomme, Les Fourberies de Scapin*. Pour moi qui n'aimais pas l'école et encore moins apprendre des textes imposés par les profs, c'était assez marrant, un peu en décalage !

Le truc qui me gardait les pieds sur terre, c'est qu'il fallait bosser. Et le boulot, c'est quelque chose que je connais très bien. Dans le genre, je crois que j'ai tout fait : du tri postal la nuit, des pizzas, j'ai nettoyé le sol, j'ai mis les aliments en rayon chez Monoprix, j'ai même travaillé pour Vélib' l'année où ça a été lancé… Et c'était pas en mode « petit boulot », c'était véritablement du taf. C'était dur, franchement. Souvent je pense à cette période, je me dis qu'il y a des gens dont c'est la vraie vie, tous les jours ! Avec Lefa, on a aussi bossé chez Eurodisney, dans le grand hôtel. Ça doit être un quatre ou cinq étoiles, c'était du sérieux, ambiance dress code, tenue correcte exigée : pantalon rose, chaussettes blanches remontées jusqu'aux genoux, chaussures à la Mickey, laisse tomber… Heureusement qu'il n'y a aucune photo de cette époque ! Mais c'est aussi des bons souvenirs. On rigolait bien, on avait accès aux attractions, on se tapait des Space Mountain de folie avec Lefa. J'ai aussi fait des pizzas dans un des restos du parc, des pizzas en forme de cœur, des pizzas à tête de Mickey… Bref, je sais ce que c'est que de bosser. On est tous plus ou moins passés par là dans la Sexion, et on doit toujours se souvenir qu'il y a des gens dont c'est le quotidien. Parce que nous, ce qu'on vit aujourd'hui, c'est pas la vraie vie, on est une sorte d'exception, on le sait très bien…

Paradoxalement, alors que mon père était musicien, ma formation musicale ne vient pas de lui. Il faisait partie de l'orchestre de Papa Wemba, il jouait avec Viva la Musica, Langa Langa Stars, il allait en studio, il faisait des tournées, mais j'ai toujours été en dehors de ça. C'était un milieu de professionnels. Pour moi, c'était juste le boulot de mon père et j'y étais étranger. J'écoutais ce qu'il faisait, ça tournait à la maison, donc c'est quelque chose qui m'a marqué, qui m'a influencé, mais il n'y a pas eu ce côté formation du père qui emmène son fils en studio et lui fait découvrir tout ça.

> **Ma culture musicale, je l'ai faite devant la télévision, devant MTV, en regardant des clips et en m'essayant au beatbox. J'aimais bien travailler les mélodies aussi, j'aimais bien chanter, je sentais qu'il y avait un truc à faire avec ça dans le rap, mais j'étais encore un peu timide pour l'assumer.**

J'ai toujours voulu faire de la musique de manière globale, être auteur-compositeur-interprète, penser le morceau dans sa globalité, arriver avec la musique, le refrain. J'ai fait un petit truc solo à cette époque, sous la houlette de Fredy K, du groupe ATK, un type qui croyait en moi, qui aimait mes chansons, qui a mis de l'argent. Fredy est malheureusement décédé quelques années plus tard. Paix à son âme, qu'il repose en paix. Ça s'appelait *Pour ceux qui dorment les yeux ouverts*, c'est sorti vers 2006 et je crois que c'était un des premiers solos d'un rappeur de la Sexion. Et comme tous les autres, je me prenais évidemment pour le meilleur. On se la racontait dans notre petit quartier, mais la vérité c'est qu'on était dans notre monde et qu'on ne captait pas du tout ce qui se passait autour. Or il y avait des mecs bien meilleurs que nous à l'époque. Je me souviens de la première fois où je suis allé au 12 Inch All Star, un open mic' au Batofar. J'ai pris une de ces gifles ! Les mecs étaient tellement plus forts que moi ! Avec Adama, on est rentrés au quartier complètement dégoûtés. On s'est dit : « Oh putain, y a du boulot les gars ! » En une journée, on est passés de « on est le meilleurs du monde » à « merde, on est complètement pourris, à chier, à côté de la plaque ». C'était la panique. Bon, un peu plus tard j'ai remporté le truc quand même, mais au départ j'ai flippé.

À ce moment-là, ma vie a commencé à changer, j'avais un but. Ce sont l'amitié et la musique qui m'ont redonné une sorte d'équilibre, sinon je ne sais pas trop où je serais allé. J'étais un mec de rue… Mais la musique, puis le succès ont changé tout ça, même si ça me met aussi face à de nouveaux défis. C'est d'ailleurs la musique qui m'a permis de revenir en Afrique. Depuis mon départ, à l'âge de deux ans, je n'y étais jamais retourné. Du coup, j'ai pu revoir la famille, ça s'est super-bien passé, on a fait un concert génial à Kinshasa, il y avait ma mère et mon père sur scène…

> **C'était un peu spécial pour moi parce que je n'avais aucun souvenir du Congo, je ne me souviens pas du tout de mon enfance là-bas. Et pourtant, ça reste mon pays, je suis toujours congolais. J'ai cherché à demander la nationalité française il y a quelque temps, mais ça ne s'est pas fait. J'aime la France, la littérature, le théâtre, j'ai toujours vécu ici, mais ça a été un bazar pas possible au niveau administratif et j'ai fini par laisser tomber.**

Quand mon album solo *Subliminal* est sorti, j'ai senti que j'étais au bout de quelque chose, que j'avais besoin de faire une pause. Ma vie a changé, tout est très différent aujourd'hui, et je me retrouve face à de nouveaux défis. J'aspire à un peu de calme, à me retrouver avec ma famille. Le succès de Sexion d'Assaut a été dévastateur à certains moments. Éreintant, même. J'ai quatre enfants que je n'ai vu grandir qu'épisodiquement, parce que j'étais souvent en studio ou en tournée, et mon couple aussi en a pris un coup… Ce sont des trucs que je n'avais pas prévus. Le prochain album de la Sexion est déjà dans les tuyaux, il sortira en 2015 et on en parle déjà beaucoup, mais d'ici là, je vais prendre du temps. J'aimerais me consacrer à d'autres activités, y compris artistiques. J'aime toujours le dessin, j'ai une bande dessinée en chantier depuis longtemps, j'aimerais avancer là-dessus. J'aimerais aussi écrire ma biographie, me raconter, me recentrer. Prendre du temps.

SUBLIMINAL

Subliminal, c'est le premier gros solo d'un rappeur de la Sexion. C'est un projet qui me tenait à cœur depuis des années, sur lequel j'ai bossé presque depuis mes débuts. Dès que j'avais un peu de temps libre, entre les tournées, entre les albums de la Sexion, je m'y mettais. Durant toutes ces années, *Subliminal* a toujours été dans un coin de ma tête. Et je suis parvenu à quelque chose qui me ressemble vraiment. J'y ai mis du rap, du chant, des beats, des choses que je cultive personnellement. Un projet solo, ce n'est pas rien, tu ne fais pas ça comme un album en groupe, même si je suis quand même en studio avec les gars, mais disons que c'est plus libre, que tu ne travailles pas avec les mêmes contraintes. C'est aussi pour ça que je me permets de passer d'un truc triste à un morceau un peu salsa, de laisser libre cours à mes envies musicales, parce que j'écoute vraiment de tout. Même au niveau des clips, je voulais faire autre chose que ce qu'on fait avec la Sexion. Je voulais une esthétique différente, une imagerie différente, et je voulais y mettre des messages subliminaux, des choses personnelles, d'où le titre. Je vous laisse découvrir et décoder tout ça, mais pensez-y... Regardez le loup, dans les clips...

Issu d'un cœur cagoulé,
épuisé vu le trajet,
ni mon reup
ni ma reum sont venus
en France pour danser.
Résidant Paris-Centre…
beau quartier
dans un appart un peu
plus grand qu'ton
local poubelle.

Nom : **Karim Ballo**

Date de naissance : **25 janvier 1985**

Lieu de naissance : **Paris**

Pseudos : **Jeryzoos, La Maison hantée,**

La Dernière Lettre de l'alphabet

Dans la Sexion, on a tous grandi un peu pareil, et comme les autres, j'ai pas toujours pioché les meilleures cartes. J'aime bien rigoler, m'amuser, mais j'ai pas toujours eu une vie « marrante », si on veut parler comme ça.

Mes parents sont nés au Mali, ils y ont vécu une partie de leur vie, et comme beaucoup d'autres, ils ont eu ce rêve, ils ont voulu partir, gagner leur vie ailleurs. Ils se sont retrouvés à Paris, direction le troisième arrondissement, près du métro Arts et Métiers, le Ze-Art, comme on l'appelle depuis toujours.

Je suis né dans le dixième, mais c'est à Ze-Art que j'ai grandi. J'y ai tout fait, des tas de bêtises, puis les trucs normaux, je m'y suis ennuyé, j'ai kiffé. Mes parents étaient concierges d'un immeuble, et on habitait dans cette petite loge. C'était pas grand, c'était même minuscule. J'avais des frères et sœurs, on était au moins huit ou neuf là-dedans, et ça devait faire à peine trente mètres carrés. C'est le genre de truc qui te pousse un peu vers la rue...

Il y a peu d'espace, donc tu passes ton temps dehors. On allait jouer au ballon, le plus souvent dans la cour. Et forcément, on se faisait engueuler par les personnes âgées qui vivaient là ; ça remuait trop, on faisait du bruit... On shootait dans des canettes, on faisait toutes sortes de trucs qui les insupportaient mais la vérité c'est qu'on n'avait juste pas grand-chose d'autre à faire. Quand t'as sept ans, que tes parents ne sont pas fortunés, que tu ne pars pas en vacances, ton enfance ressemble à ça. Quand t'es minot, tu t'arranges de tout, t'es insouciant, mais quand tu grandis, ça devient relou. Bon, évidemment, c'est pas vraiment pour les devoirs que ça me posait problème, comme on dit souvent, parce que ça, j'esquivais vite fait, je les faisais pas trop… C'est plutôt pour la vie quotidienne, le manque d'espace.

Par contre, le truc des différences, des classes sociales, j'ai pas capté tout de suite. Je voyais des Noirs, des Blancs, je ne faisais pas trop attention. Il fallait grandir un peu pour s'en rendre compte, et je crois qu'on est tous passés par là dans le groupe. On n'est pas des banlieusards, mais on a vécu nous aussi notre différence en plein cœur de Paris. Ce n'est pas parce qu'on vit à Paris qu'on est à l'aise… En banlieue, les logements sociaux sont même plus vastes que ces petites loges dans lesquelles j'ai grandi. Et cette différence, j'ai fini par la croiser tous les jours : j'ai grandi comme je pouvais dans ces quartiers bourgeois, juste à côté de gens qui vivaient mille fois mieux que nous. Nous, on était les concierges. Tu comprends ça au fil du temps, quand tu grandis…

L'école, je m'en foutais un peu, j'esquivais un max. Je sais que ce n'est pas l'exemple à donner aux petits, mais il faut être honnête : je n'aimais pas l'école. Le seul bon souvenir, c'était les copains. Je me souviens surtout de la récré, quoi... Mais le reste, genre les maths, l'histoire-géo, laisse tomber. J'arrêtais pas de me faire jeter. Je me suis fait virer plusieurs fois parce que j'esquivais trop souvent. Je n'étais pas plus turbulent que les autres mais juste, je n'allais pas en cours. Du coup, mes parents m'ont envoyé à l'internat. C'était à Montlhéry dans le 9-1, à Blaise-Pascal. Je rentrais chez oim le week-end et je repartais le lundi, c'était un peu comme une sorte de prison. T'es enfermé. Le matin il fallait se lever, se mettre en rang, aller prendre le petit déjeuner. Ensuite, aller en cours. C'était assez strict. Au départ, j'étais un peu perdu. Je n'avais aucun proche là-bas, pas d'ami, pas de frère, ni de sœur. Tu te forces à te faire des amis mais dans le fond tu n'as pas envie, donc tu restes dans ton coin. La chance que j'ai, c'est que je suis quelqu'un de plutôt sociable, et même si je ne vais pas vers les autres, ils viennent parfois vers moi, j'ai capté ce truc au fil du temps. J'étais assez jeune, hyper-têtu, mais je crois que c'est là-bas que j'ai compris que tu ne fais pas toujours ce que tu veux, j'y ai appris un peu la discipline, ça m'a mis du plomb dans le cerveau. Et puis ma grande sœur, qui me surveillait de près, a fini par capter qu'il me fallait une orientation. C'était en troisième, elle m'a trouvé un CAP restauration, une sorte d'école hôtelière, rue Belliard. J'y suis allé mais c'était plus pour ne pas rester à ne rien faire que pour l'amour du métier. Mes parents me rabâchaient tout le temps : «Tu ne fais rien! Tu n'es pas à la maison, tu ne travailles pas!» Il fallait que je trouve quelque chose à faire. Ça me parlait pas plus que l'histoire-géo, mais j'y allais quand même. On apprenait à faire le service, le couteau à droite, la fourchette à gauche, ce genre de trucs pas super-passionnants...

C'est ce genre d'ambiance qui m'a poussé vers la rue, très tôt. C'était même bien avant l'internat, bien avant tout ça. Je jouais dans la cour, et c'était facile de tomber dans la rue. C'est ce qui ressort aujourd'hui dans le groupe, j'ai toujours gardé ce côté street, ce truc un peu ghetto... Donc ça tapait un peu dans les magasins, on faisait des conneries plus dures. J'avais déjà des problèmes avec l'autorité, les profs et autres, et quand j'ai pris de l'âge, j'ai fini par en avoir avec la justice, logique. Vous savez, quand on est sous alcool... Moi, j'ai eu cette période où je buvais de l'alcool.

Mais je veux dire, vraiment, je buvais beaucoup. Donc dans ces états-là, c'est facile de déraper. Ça m'a poussé à faire des trucs qu'aujourd'hui je regrette, des vols à l'arrachée, taper des trucs à des gens de force, agresser. C'était gratuit, c'était même pas spécialement pour leur voler des choses. C'était juste pour montrer que voilà, je suis plus fort que toi. Je me suis retrouvé à entamer le parcours de base du délinquant : garde-à-vue, dépôt, comparution immédiate… Dieu merci, je suis toujours passé à travers les mailles du filet. Mais si c'était à refaire, j'éviterais.

Gims a aussi grandi à Ze-Art, et on s'est vite connectés là-dessus. Au départ, on avait un groupe qui s'appelait Double Sabre. J'imaginais pas qu'un jour j'allais intégrer une équipe comme Sexion d'Assaut, qu'il y avait des jeunes comme moi qui commençaient à rapper dans d'autres quartiers, qui rêvaient comme moi de se retrouver sur le devant de la scène, d'entendre leur voix sur un CD. Et puis il y avait mon pote Farid qui me motivait aussi beaucoup. C'était un mec qui connaissait très bien le rap. Je lui faisais écouter mes trucs, il aimait bien, mais il préférait toujours écouter les sons des autres. Je me disais : « Moi aussi, je peux le faire, moi aussi, je peux aller au studio, enregistrer, faire un projet que les gens voudront écouter.» Mine de rien, ses remarques m'ont fait avancer.

À cette époque, on avait fondé 3e Prototype avec Gims, mais je ne connaissais pas vraiment les autres. Je les ai rencontrés vers 1999 ou 2000, dans le neuvième, dans un studio pas loin de Barbès. Sexion d'Assaut n'existait pas encore, le groupe se formait, c'était encore la formule à vingt têtes, il y avait plein de monde. Puis ils m'ont intégré assez naturellement, on est rapidement devenus potes. Adama, Gims, tous ces mecs, c'est désormais la famille. Ensuite ça a avancé, on connaît l'histoire…

Et puis il y a eu ce drame.

En 2006, j'ai perdu ma mère. Son décès m'a bouleversé, ça a changé beaucoup de choses, ça a réveillé des trucs. C'est ce que j'ai essayé de retranscrire le plus justement possible dans le morceau « Avant qu'elle parte ». Cette chanson m'a fait du bien, mais a aussi fait du bien à tout le monde. C'est une vérité universelle mais personne n'ose le dire, personne n'ose faire une chanson pour dire « je t'aime » à sa mère. Nous, on l'a fait, j'en suis fier, même si ça n'était pas évident.

Au départ, j'avais ce thème : « Dis aux gens que t'aimes que tu les aimes avant qu'ils meurent.» Puis Gims est arrivé avec la mélodie, si je me souviens bien. Il avait ce gimmick, « insensé, insensible ». On en a beaucoup parlé au sein du groupe. L.I.O. aussi a perdu sa mère, mais au moment de l'écriture du morceau, c'était encore trop brûlant pour lui, il n'aurait même pas pu chanter ça sur scène, donc il est resté en retrait. Moi, j'en avais besoin, j'étais capable d'en parler et je l'ai fait avec toute ma sincérité. Cette chanson me renvoie à plein de choses… Je n'ai jamais été très proche de mes parents, je n'ai jamais pris le temps de bien connaître leur histoire, de m'intéresser aux rêves qu'ils avaient en venant en France, à ce qu'ils ont traversé. Qu'est-ce qu'ils ont dû faire pour en arriver là ? Par quoi sont-ils passés ? Je suis allé au Mali une fois quand j'étais petit, et la seule fois où j'y suis retourné, c'était pour l'enterrement de ma mère. On y a aussi joué avec le groupe un peu plus tard, mais ça reste un pays que je connais peu. C'est quelque chose que je regrette, parce que c'est aussi mon histoire. Et quand on joue avec la Sexion en Afrique, il se passe un truc, c'est le feu à chaque fois. On se sent chez nous. On est toujours super-bien accueillis, on se sent africain dans le fond. Mais on a tous ses petits regrets à l'intérieur.

JR O'CHROME ?

Je voudrais dissiper un peu un mythe au sujet de mon nom, parce qu'on me demande souvent : JR, ce n'est pas le JR de Dallas, ça ne vient pas de là. Enfin pas vraiment... À la base, c'était surtout le surnom de mon frère. Et O'Chrome, pour ceux qui captent le verlan, c'est « au micro » à l'envers, et avec une écriture un peu plus... graphique, on va dire. O'Chrome. Mon autre blaze, la Maison hantée, ça vient de Gims, c'est lui qui m'a appelé comme ça au départ. Ça date d'une époque où je restais toujours chez moi, dans mon quartier. Il me charriait pas mal avec ça, parce que je suis quelqu'un qui a vu et vécu beaucoup de choses dans ma vie, j'ai emmagasiné des tas de trucs un peu durs. Genre dans ma tête, il y a des souvenirs, des choses assez dingues, je suis comme une maison hantée... L'autre blaze, c'est La Dernière Lettre de l'alphabet. J'ai trouvé ça quand on écrivait *L'École des points vitaux*. C'était une sorte de métaphore pour dire que je suis vraiment au fond, au fond de la classe, de la classe sociale. C'est le niveau zéro, le plus bas qu'on puisse trouver. Et puis c'est resté, parce que cette image fonctionne bien.

Ils nous pensent insensibles parce que

les bleus ne ressortent pas du noir

Nom : **Mamadou Baldé**

Date de naissance : **13 mars 1983**

Lieu de naissance : **Dakar**

Pseudos : **L'Insomniak, Silhouette furtive, Syleur, Sylar, L'Homme aux Ray-Ban, Supersilhouette, Silhouette, Duncan Mc Leod**

Dans mes souvenirs les plus lointains, je n'ai jamais voulu venir en France. Je suis né à Dakar, j'ai grandi au Mali, et quand il a fallu partir pour la France, je n'ai pas compris. Je n'avais aucune raison de faire ce voyage, j'avais pas envie. C'était en 1989 et j'allais rejoindre mes parents, qui avaient quitté leur pays (la Guinée) quelques années plus tôt pour trouver du boulot en France. Pendant qu'ils cherchaient du travail et un logement en région parisienne, ils m'avaient laissé chez ma grand-mère, au Mali. Jusqu'à six ou sept ans, j'ai donc mené une enfance tranquille à Kati, un petit village situé près de Bamako, et d'où je n'avais pas envie de partir. L'enfance chez ma grand-mère était douce. Elle m'aimait beaucoup, elle ne me forçait pas trop à aller à l'école, elle préférait que je reste auprès d'elle, je crois. Là-bas, j'ai commencé par l'école coranique, puis l'école publique, on avait notre petite maison, j'étais heureux. Et puis il a fallu partir. Je suis arrivé en France pour le CP.

Ça a été un déchirement parce que je quittais ma grand-mère. Je ne le savais pas encore, mais je ne la reverrai plus, ni elle ni son village. Elle est décédée quelque temps plus tard et je ne suis jamais retourné là-bas. Ça a été un choc, le premier d'une longue série. Le second, ça a été à l'aéroport de Paris, dès l'arrivée.

Ça peut paraître amusant aujourd'hui, mais je n'avais jamais vu de Blanc, ou alors vite fait, quand le Paris-Dakar passait au Mali. Et là, j'arrive en France, et la première personne que je vois dans l'aéroport, c'est une petite fille. Une blonde avec des cheveux bouclés. J'ai sursauté, j'ai cru que c'était un fantôme ou quelque chose dans le genre, je me suis demandé pourquoi elle était blanche comme ça. Cette vision m'a traumatisé, j'ai voulu m'enfuir, tout le monde me courait après dans l'aéroport... C'était bizarre comme première impression, mais je n'étais pas au bout de mes surprises.

Mes parents habitaient à Chennevières-sur-Marne, dans le 9-4. Là, j'ai découvert les immeubles, l'électricité, les voitures, la ville... Je n'arrivais pas à m'y faire, surtout à cause du climat. La température, le froid... j'étais mal à l'aise. Surtout que je ne parlais pas un mot de français, et je crois que c'était ça le plus dur. En CP, j'étais à l'écart, je ne comprenais rien, alors je restais dans mon coin et je dessinais pendant que les autres apprenaient à écrire. Quand j'ai su que je n'avais pas le choix, que je n'allais pas retourner chez ma grand-mère, je m'y suis mis. J'ai fini par apprendre un peu l'alphabet, mais ça m'a pris du temps… Et à la maison, les parents étaient vraiment sur mon dos, ils me forçaient à parler, ils voulaient que j'avance.

Même musicalement, la France ne m'intéressait pas spécialement. Après mon arrivée, je n'aimais écouter que des musiques africaines, les Oumou Sangaré, Ami Koita, Salif Keita… C'était les musiques de mon enfance, je pense que ça me rassurait. Et puis, on reste là, je grandis, je découvre la dance, tous les trucs et les clips qui passaient sur M6… Et il y a les copains qui sont là-dessus aussi, on rentre vite dans le moule. C'est à cette époque qu'on a déménagé. On est partis à Champigny-sur-Marne, pas très loin. Là, l'ambiance était encore différente : barre d'immeuble, seizième étage… La jungle était en béton, j'avais définitivement perdu ma brousse d'Afrique, mon enfance, quelque chose comme ça…

L'école ne m'intéressait pas tant que ça mais j'y allais, je faisais ce qu'il fallait. J'aimais bien l'histoire-géographie, j'avais l'impression que c'était facile, qu'il suffisait d'apprendre les dates. Bon, en réalité, c'est un peu plus compliqué, mais c'est surtout intéressant quand tu te penches dessus. Je n'ai jamais su pourquoi mais j'étais aussi très bon en français, ce qui n'a pas empêché les profs de m'orienter vers un BEP comptabilité… J'y allais pour faire plaisir aux darons, mais ça ne m'emballait pas. Je voulais faire de la vente, mais la vente, c'est vaste, c'est vague… En fait, je ne savais pas trop ce que je voulais faire de ma vie professionnelle. Je commençais surtout à me dire que la musique, c'était peut-être possible. J'avais deux très bons amis à l'école. L'un était DJ, l'autre rappait, ça tombait bien. On avait formé un petit groupe qui s'appelait Idées Fixes. Qu'est-ce qu'on a pu se faire chambrer avec ce nom ! Idéfix, Astérix, Obélix, et vas-y… J'essayais de travailler les textes, j'avais tout le temps des trucs à dire, j'arrivais pas à m'arrêter. Dans le rap, on te dit de poser douze mesures, seize mesures, selon la longueur des couplets, mais au début je ne savais même pas ce que c'était. J'étais capable d'écrire des trucs de soixante-quinze mesures, ça n'en finissait pas. J'écrivais des textes de trois ou quatre pages, sans couplet, sans refrain, juste du rap brut !

À Champigny, j'ai découvert le rap, mais j'ai aussi commencé à comprendre la société dans laquelle je vivais. Quand je suis arrivé dans cette cité, il y avait tout à disposition, boulangerie, boucherie, laverie. Dans mon esprit, c'était juste parce qu'on était à Champigny, que la ville était comme ça. Mais en me promenant, en traînant un peu ailleurs, j'ai vite compris que c'était pas du tout la réalité. La réalité, c'est qu'on nous a installés dans une cité enclavée, éloignée du petit bourg de Champigny, et qu'on nous a mis une boulangerie et tout le reste pour ne pas qu'on descende au centre-ville ou qu'on aille traîner dans les banlieues pavillonnaires. Pourtant, la configuration de la ville était simple : il aurait suffi d'un bus pour qu'on puisse descendre en ville, mais ce bus n'existait pas.

C'était un sentiment diffus à l'époque, j'ai compris ça de manière progressive. J'avais l'impression qu'on nous avait tracé une trajectoire et qu'on était obligés de la suivre. Ça m'a choqué ! À l'école, avec les histoires d'orientation, c'était pareil. On aurait dit que j'étais condamné à suivre mes potes, à faire des bêtises, à aller en prison… Et d'ailleurs, c'est ce que j'ai fait. Des conneries.

Je ne suis pas allé en prison, mais je cherchais du fric, comme tout le monde, et j'ai fini par me faire éjecter de Champigny après un petit séjour au CJD. Je me suis alors retrouvé à Paris, chez mon père qui venait de divorcer. Et puis quand c'est devenu relou chez mon daron, je suis parti me chercher un appart. Je pensais que ce serait facile, mais je n'imaginais pas qu'il fallait des fiches de paie, des trucs comme ça… Alors je m'y suis mis, j'étais déter', j'ai taffé, taffé, taffé… Dans la sécurité, la cuisine, la métallurgie, j'ai bossé à la chaîne chez Renault… Et j'ai trouvé un appart, rue des Martyrs, dans la même rue que Maska. Il était en bas, côté neuvième, moi en haut, côté dix-huitième. Ça a été le début de beaucoup de choses nouvelles pour moi.

Au début, Paris m'a saoulé. Je trouvais ça trop rapide, trop bruyant, trop sale, il y avait trop de monde, trop de stress. En banlieue, il y a de l'espace, on est tranquille. D'ailleurs, dès que j'ai pu, dès que la Sexion a eu un peu de succès, je suis retourné en banlieue. Pas à Champigny, parce que j'aime pas l'idée de revenir en arrière, mais pas loin, à Brie-sur-Marne. Pourtant, il s'est passé plein de choses à Paris pour moi. C'est là que j'ai rencontré les gars. J'ai d'abord fait la connaissance d'Adama, via un pote du quartier d'Anvers qui était dans le truc. Le lendemain, j'ai rencontré Maska, Gims et d'autres types qui ont depuis quitté le groupe. Ils avaient déjà la forme d'un groupe, ils étaient déjà bien avancés, et je me rappelle que j'avais une putain de pression quand ils m'ont demandé de rapper. Je voyais bien que les mecs avaient du level. Et là, banco, ils me proposent de rentrer dans le groupe ! J'avais des scrupules, parce que j'avais toujours Idées Fixes et je pouvais pas les laisser tomber comme ça. Mais en fait le groupe s'est dissous de lui-même : mon pote avait écopé d'une longue peine, l'autre était DJ dans des clubs, ça marchait pour lui… Donc je rentre dans le crew, et je suis le dernier membre. À cette époque il n'y avait encore rien de très chaud qui se passait pour la Sexion, personne ne voulait nous écouter. Même nos potes ne voulaient pas nous écouter, je crois ! Mais je sentais que j'allais m'éclater, je prenais de plus en plus de plaisir à écrire : les images, les métaphores, les punchlines, c'était mon truc. Le reste, et tout ce qui s'est passé depuis, c'est juste l'histoire avec un grand H… Notre histoire.

LE JOUR OÙ J'AI FAILLI TOUT FAIRE FOIRER...

Avec la Sexion, j'ai failli tout planter bêtement. J'étais passionné de rap, mais je voulais assurer mes arrières. Je me cherchais une petite formation dans un métier manuel où je pourrais revenir n'importe quand et j'avais trouvé un truc en plomberie. J'ai passé les tests, j'ai réussi le concours, ça roulait. Et le jour de mon rendez-vous avec l'employeur, Dawala, notre manager, m'appelle pour m'annoncer qu'on signe chez Sony. Il m'a dit : « Tu fais quoi ? Tu signes ou pas ? T'es prêt ou bien ? » Je lui ai dit que j'allais réfléchir et il a halluciné ! Genre : « Quoi ? T'es sérieux ? Je te dis qu'on signe chez Sony et tu veux réfléchir ? » Il m'a pris pour un fou ce jour-là. J'en ai parlé avec ma copine, elle penchait plutôt pour que j'aille en formation, que je fasse un vrai truc. J'ai donc choisi la plomberie, ma décision était prise. Et puis, je ne sais pas pourquoi, j'ai rappelé Dawala et je lui ai dit que j'étais OK. Je ne sais pas pourquoi j'ai dit ça. Et jusqu'à aujourd'hui je ne sais toujours pas pourquoi, mais je ne regrette pas du tout.

Élément perturbateur, fils de femme de ménage, je pouvais voir sur leur visage :

Fils de chhh... déménage !

Black M

Nom : **Alpha Diallo**

Date de naissance : **27 décembre 1984**

Lieu de naissance : **Paris**

Pseudos : **Black Mesrimes, Black Shady, L'Ennemi public numéro 1, Les Gros Yeux, Black Stifler**

Jeune, j'étais fasciné par Jacques Mesrine. C'est un grand de mon quartier qui m'en avait parlé pour la première fois et le type m'avait fasciné direct. Je lisais tout ce que je pouvais trouver sur lui, je fouillais sur Internet ou dans des magazines. On peut même dire que j'ai eu une vraie période «Jacques Mesrine». J'aimais ce personnage, cette histoire de rébellion face à l'État, son combat dans les prisons contre les QHS, je trouvais une certaine grandeur dans tout ça.

À l'époque je me faisais appeler La Stratégie – ne me demandez pas pourquoi, je ne m'en souviens même plus –, et j'ai décidé de changer de nom. Jacques Mesrine, ça claquait bien, ça donnait un truc que j'aimais bien. Mais finalement, c'était un peu facile, alors j'ai ajouté « Black », parce que je suis black, et puis j'ai trouvé ce jeu de mots avec « rimes », pour le délire rap. Ça marchait bien comme blaze pour un rappeur. C'est comme ça que je suis devenu Black Mesrimes.

Je suis né à Paris. Aussi loin que je me rappelle, grandir dans cette ville a été une expérience heureuse et frustrante à la fois. Mon Paris, c'était un Paris friqué, mais je n'y avais pas vraiment accès. On habitait dans le septième, un très beau quartier où ma mère était gardienne d'immeuble, mais on vivait tous entassés dans une chambre de bonne. Le contraste était saisissant entre le quartier où on habitait et la vie qu'on menait. On manquait d'argent, on vivait petitement, et on a même fini par se faire expulser. Je me souviens encore du soir où je suis rentré de l'école et où je me suis retrouvé devant cette porte barricadée... On s'est retrouvés à la rue, du jour au lendemain. On a squatté un peu chez la famille, des gens nous ont aidés, mais on n'avait plus d'appartement. C'est à cette époque qu'on a bougé dans le treizième, vers le métro Glacière, où mes parents habitent encore aujourd'hui.

Dans le septième, j'étais au collège avec des gamins friqués, mais je n'avais jamais de bol, je n'avais pas les jouets, les consoles de jeu dont ils parlaient à la récré. C'était pénible, je me souviens bien de cette sensation de frustration. Pourtant, c'est aussi dans ce quartier que j'ai commencé le rap. On rappait dans un petit square pas loin de la maison, le square des Missions-Étrangères, on y passait pas mal de temps. On n'était pas très appréciés, d'ailleurs, parce qu'on criait, ça fumait des joints, c'était pas du tout raccord avec l'ambiance bourgeoise du quartier. Les gens étaient un peu choqués. Je me souviens d'ailleurs que l'acteur François Berléand habitait juste au-dessus du banc où on rappait :

on s'est embrouillé des fois et des fois avec lui, je crois qu'il nous détestait ! J'aimais bien cette période, ces après-midi au square, mais niveau rap, je me retrouvais pas vraiment dans le délire des mecs avec qui je rappais. C'est encore cette histoire de contraste qui me rattrapait : ces mecs, c'était des gamins du quartier qui habitaient les beaux immeubles où ma mère bossait comme gardienne. Ils étaient issus d'un milieu nettement plus aisé. Du coup, j'avançais déjà un peu solo dans ma tête. Certains aimaient bien mes textes, mais je m'en fichais, j'écoutais pas trop l'avis des autres, je savais que je voulais aller loin parce que le rap est un vrai moyen d'expression pour moi. En général, j'ai du mal à m'exprimer à l'oral, et le rap est le meilleur moyen que j'ai trouvé pour y arriver. J'aime faire des rimes, j'aime cette manière de dire les choses, j'aime réfléchir avant d'écrire pour dire mes trucs le mieux possible. C'est un mode d'expression qui me convient. Et puis à cette époque, je voyais NTM, IAM et Fonky Family à la télévision, ça me faisait tripper. Je savais que je voulais en faire ma vie.

Ça tombait bien parce que l'école, j'en avais rien à cirer. J'aimais bien l'ambiance de la classe, les potes, la récré, mais pas les cours. J'ai avancé tranquille, j'ai fini par faire un BEP secrétariat et puis j'ai tout laissé tomber, contre l'avis de mes parents. Ça a été une période très dure, mon père l'a mal pris. On ne s'est plus parlé pendant au moins un an. Mais j'avais ma force intérieure, j'étais déjà ailleurs, je me disais que j'allais réussir dans le rap. Depuis quelques années, je séchais les cours pour aller rapper. Le matin, je faisais semblant d'aller en cours, mais je changeais vite de direction et j'allais chez mon pote Macadam, dans le neuvième, et on faisait du son dans son petit home studio. J'étais pas un grand rappeur, bien sûr, mais ça me plaisait. Je me souviens même de mon premier titre. C'était un pur ego trip, et je dois reconnaître que c'était bien pourri.

C'est par l'intermédiaire de Macadam que j'ai rencontré la Sexion. C'était en 2002. Il m'avait fait écouter leurs morceaux mais je crois que j'avais pas spécialement aimé. Adama et Maska ne rappaient pas comme aujourd'hui, Gims ne savait pas encore chanter (rires), c'était un peu le bordel sur l'instru... Ça nous fait bien rigoler aujourd'hui quand on y repense. De fil en aiguille, on a fini par se rencontrer car Macadam y tenait beaucoup. C'était à Paris, sur les Grands-Boulevards. Ils étaient hyper-nombreux, ils rappaient dans tous les sens en marchant sur le boulevard, c'était assez fou comme vision.

Adama m'a sauté dessus direct en m'appelant par mon nom, Diallo. Lui aussi s'appelle comme ça, il est d'origine peul comme moi. Il m'a dit qu'il avait entendu parler de moi et m'a demandé de passer au studio le lendemain. J'y suis allé direct, je ne savais pas trop à quoi m'attendre mais j'aimais bien l'ambiance de ce grand crew. Là, Adama et Maska m'ont pris à part et m'ont demandé de rapper. J'ai lâché un truc a capella, genre huit mesures, pas plus, et ils ont adoré ! Ça me faisait bizarre d'entrer dans un groupe, j'avais toujours rappé seul, je ne savais pas ce que c'était que de faire partie d'un collectif. Ça m'impressionnait aussi parce que c'était bien le foutoir dans le groupe. On n'avait pas encore rencontré Dawala, ce n'était pas structuré du tout. On était cent cinquante, ça rappait plein pot mais ça n'avançait pas des masses. C'était une période un peu dingue. Et puis ils étaient dans leur trip « bagarre », ils aimaient bien ça. Gims et Maska étaient hyper-bagarreurs. Ils ont beaucoup changé, on a tous grandi, mais à l'époque c'était pas rare d'interrompre une session de studio pour traverser la ville et régler une embrouille. Des fois on marchait des heures et des heures, et au bout du chemin ça se bagarrait.

Je ne savais pas trop quoi faire dans ces moments-là, j'étais pas habitué à ce genre d'ambiance.

Aujourd'hui, ces mecs sont devenus ma famille. On se connaît tous tellement bien, on a vécu des trucs hyper-forts. C'est une vraie histoire d'amitié, on va très loin quand on est ensemble, mais ça ne m'empêche pas d'avoir aussi envie de mener une carrière solo. Je prépare mon premier album en ce moment, et c'est un peu comme si je revenais à mes débuts, quand j'étais seul à rapper sur mon banc, à écrire dans mon coin. Sauf que je maîtrise un peu mieux le sujet aujourd'hui quand même ! C'est une belle expérience, on ne fonctionne pas pareil quand on bosse en solo, c'est plus intime, je me retrouve avec moi-même, ça me permet de faire le point. Je fais ça calmement, sur la longueur, mais je m'y consacre pleinement, y compris au niveau de la production car je fais aussi mes propres sons. Je veux que cet album solo soit une bombe.

Je parle de la Sexion comme d'une famille, mais j'ai aussi une vraie famille, ma famille de sang. Mes parents, mes frères et sœurs, c'est sacré ; on a traversé tant de choses ensemble. C'est aussi ce qui m'a permis de tenir dans les moments difficiles de mon enfance. J'aimais bien partir en Guinée avec mon père, découvrir nos racines. Je connais toute ma famille là-bas, je parle le peul, je me sens chez moi. Avec l'ampleur qu'a prise la Sexion, je suis même devenu une sorte de héros. On me sort le tapis rouge à chaque fois que je débarque ! Curieusement, il y a un truc qui existait dans ma famille mais que j'ai découvert avec la Sexion : c'est la religion. Mes parents sont musulmans mais avant de rencontrer les gars, je ne m'étais jamais penché sur la question. C'est quelque chose que j'avais en moi, que je vivais vaguement à la maison, mais je n'y connaissais pas grand-chose en fait. Dans le groupe, c'est une chose dont on parle beaucoup, qu'on partage tous. Les discussions à ce sujet avec Gims ou Maska m'ont beaucoup apporté, cela nous a beaucoup rapprochés, je crois que ça fait partie du ciment de la Sexion. Par contre, c'est un truc dont je ne veux pas parler dans mes textes, même si on me pose souvent la question. J'estime que c'est intime, et pour moi ce n'est pas le propos du rap. Moi, je veux juste faire danser les gens. Et c'est ce que je fais !

MILLE BLAZES !

Comme tous les autres membres du groupe, j'ai plein de pseudos, qui correspondent à des tas de personnages que je m'invente, comme des identités multiples. Je suis passé par trop de noms différents ! Black M, c'est venu parce que les autres avaient la flemme de m'appeler Black Mesrimes, en fait. On m'appelle Les Gros Yeux aussi, mais ça, je n'y peux rien. Quand je rappe, j'ai les yeux qui me sortent de la tête. Et puis j'ai plein d'autres noms, plein de personnages qui me servent à exprimer mes différentes facettes, comme Black Shady par exemple. C'est mon côté sombre, avec une petite référence à Eminem, qui est clairement mon rappeur préféré. Black Stifler, aussi, pour mon côté encore plus fou... On adore ce délire dans la Sexion, on adore se donner des tas de noms.

SEXION D'ASSAUT
SUCCESS STORY

(Petit) Bercy

On a toujours su qu'on irait loin, parce qu'on a toujours vu les choses en grand. On ne s'est pas mis dans le rap pour faire des mixtapes et rester underground. C'est une question de volonté, c'est le chemin qu'on a choisi dès le départ et on a décidé que ça serait comme ça. On savait qu'on partait pour durer et on a mis toutes les chances de notre côté. Rien que notre premier concert, on l'a donné en grande pompe à Bercy. Peu de gens le savent, mais le premier concert de Sexion d'Assaut a eu lieu au Palais Omnisports de Paris-Bercy. Enfin, Bercy… C'est ce qu'on nous avait dit.

**Même si j'aime
ma rue à vouloir mettre
de la moquette,
faut que je me casse
car ma situation
m'inquiète**

Adama

La Sexion d'Assaut en action. Seule image d'archive du « Petit Bercy ». 19 juin 2005.

En 2004, on était un groupe de rap très confidentiel. Il n'y avait ni *Terre du Milieu,* ni «Anti-tecktonik», ni *École des points vitaux*. On ne savait même pas ce qu'était un single radio, on n'avait même pas encore rencontré notre manager, Dawala, grâce à qui tout est arrivé. On était encore très street, mais on avait quand même notre petite renommée dans la 9e Zone – c'est comme ça qu'on a baptisé le neuvième arrondissement, le quartier où la plupart d'entre nous habitaient, où on s'est presque tous rencontrés. Et c'est comme ça qu'un jour on a été contactés par la mairie, via des animateurs du quartier qu'on connaissait bien. Le plan était mortel : ils organisaient un concert hip-hop à Bercy, avec une belle affiche, et ils nous ont proposé d'y participer. On a sauté sur l'occasion, même si on n'avait pas une grande expérience de la scène. Ce n'était pas notre premier concert, mais presque. À l'époque, on était vraiment des rappeurs de rue, on enregistrait peu, on rappait surtout entre nous, au square ou dans nos piaules.

J'ai beau m'remettre

en boucle le clip de

« Billie Jean », mais quand

je marche

dans la street

j'vois pas

le béton

qui s'illumine

DOOMAMS

Bercy, c'était le dream absolu, on ne pouvait pas refuser ! Quand on nous l'a proposé, on s'est tous regardés, genre : « Putain, lourd ! » On s'est dit : « Ça y est, c'est bon, on va se produire avec d'autres groupes sur la scène de Bercy ! Même la mairie reconnaît nos talents ! »

Il était hors de question qu'on laisse passer l'occasion, donc on s'est donnés à fond ; on a investi du fric, on a répété, répété, répété, on était hyper-concentrés. On avait déjà ce côté sérieux, on savait qu'il fallait bosser pour que ça marche. Et évidemment, on avait prévenu tout le quartier. Bercy, putain !

Le jour venu, on saute tous dans le métro et on trace. D'autres devaient nous rejoindre sur place, on était nombreux et hyper-motivés. En sortant du métro Bercy, on sentait que ça commençait à devenir gros, il y avait du son partout, plein de monde et une vraie grosse ambiance. Nous, on était chauds, en mode : «Vas-y, on assure, c'est pour ça qu'on a été choisis ! Le reste, on s'en bat les couilles ! » Donc on fonce, on monte les marches pleins d'entrain. Tout autour de la salle, il y a des petits stands, des petits podiums vite faits avec des groupes qui jouent, ça ressemble à un gros événement, et nous, on est au cœur du truc. Mais quand on entre dans la salle, après être passés dans un dédale de couloirs, ambiance « entrée des artistes », on trouve

JR O'Chrome,
la force de frappe
d'un casse-bélier.
Là j'poursuis mes
études sur
le bitume dans
les cages d'escalier.

JR O'Chrome

qu'il y a quelque chose de bizarre : dans la fosse, il y a une sorte de skate park, avec des gars qui s'entraînent, qui tapent des figures, des mecs qui font des chorégraphies en rollers… C'était pas franchement notre univers. On se faufile, on demande à droite, à gauche, on finit par tomber sur un gars de l'organisation : «Voilà, on est la Sexion d'Assaut, on doit jouer ici ce soir.» Et là, le mec nous renvoie dehors, il est au courant de rien, il ne sait même pas qui on est : «Sexion quoi ? Hein ?» Comme on ne comprend rien nous non plus, il nous accompagne hors de la salle et nous montre une sorte de podium, une espèce de plateforme élevée avec des palettes de supermarché, des cartons : «Voilà les gars, c'est là, votre concert, sur les podiums aménagés. Allez, merci, au revoir ! » Là, on redescend sur terre direct.

En regardant le podium, on est un peu dépités, bien sûr, mais comme on est prêts à jouer, on y va quand même. On arrive devant le truc, on se présente, et là encore, un autre mec nous fait : «Ah non, votre concert, c'est pas là, c'est sur la petite scène plus loin.» Et il nous montre un podium encore plus petit, un tas de cageots tout pétés, genre on est les clochards du truc. Et c'est à force de rebrousser chemin qu'on se retrouve sur une espèce de mini-podium, juste à côté de la bouche de métro, une chose minuscule avec des micros à fil tout foireux.

Là, on était trop énervés, on était tellement sûrs de notre valeur qu'on avait envie de tout niquer et leur montrer de quoi on était capables.

Donc on monte sur cette petite scène et là, faut bien l'avouer, ça part en couille direct. On était tellement furax que ça ne pouvait pas se passer autrement. En plus, on avait fait venir des tas de gens – des copains, les copains des copains, les familles des copains – qu'on avait baladés tout l'après-midi au téléphone, sur le mode : « C'est là ! Ah non, c'est pas là, c'est à côté ! » Puis après : «Ah ben non, en fait, c'est plus loin, vers le métro.» C'était un vrai cauchemar. On a tenu à peine deux morceaux, et là, alors que tout le quartier était venu, double embrouille : en plein milieu d'un couplet de Black M, une fille de la sono a coupé le son, ambiance : « OK, les gars, c'était très bien, mais il est vingt heures, c'est fini, on remballe.» On a pété un câble, et tout le monde est monté

**Y a celui qui mord
la vie et celui
qui vit la mort.
Dans les deux cas
personne peut
ves-qui son heure.**

Black M

illico sur la scène ! Tout le quartier ! Ça a failli partir en émeute, on est tous devenus fous. Il faisait une chaleur de dingue, tout le monde était hyper-tendu, c'était n'importe quoi…

Ce jour-là, on s'est sentis mal, on était frustrés. Les organisateurs avaient fait le même coup à plusieurs petits groupes, et comme tout le monde avait ramené ses potes, ça faisait pas mal de public, mais au final, c'était bien merdique. La sono était cheap, les mecs du son n'étaient pas opé, ils nous avaient bernés, c'était le bordel. On te vend un concert à Bercy mais en réalité, tu te retrouves sur une scène en carton à l'extérieur. On a eu la sensation qu'ils s'étaient moqués de nous, ça nous a vraiment mis en colère.

Il nous faudrait quelques jours pour nous en remettre, tellement on était furieux et déçus. Mais on allait aussi mettre quelques années à comprendre ce qui s'était réellement passé.

Finalement, toute l'histoire de Sexion d'Assaut est contenue dans ce premier échec – on dit « échec » car c'est un peu comme ça qu'on l'a vécu sur le moment. C'est-à-dire qu'au départ, tu penses que tu es bon, que tu as été repéré et que toutes les portes doivent s'ouvrir pour toi. Mais quand tu avances, que tu deviens professionnel, que tu travailles ta musique et que tu te remets régulièrement en cause, tu comprends que ça ne peut pas être aussi simple.

Ce qu'on ne pouvait pas appréhender, à cette époque, c'est que tu ne fais pas Bercy sans une maison de disques derrière toi, sans un vrai public qui se chiffre en milliers de personnes, sans des radios qui te soutiennent parce que le public aime tes chansons. Tu ne fais pas non plus Bercy sans un tourneur, sans quelqu'un qui investit de l'argent dans ta musique. Et surtout, tu ne fais pas Bercy si tu n'as pas d'expérience, si tu ne tiens pas la route, si tu n'as pas bossé ton show et tes chansons.

C'est ce qu'on a fait par la suite, en apprenant chaque jour un peu plus, en se donnant les moyens, en travaillant très sérieusement. Et sans vraiment le savoir, on allait revenir à Bercy, des années plus tard. Et cette fois, ça serait pour de vrai.

En attendant Dawala...

La catastrophe de ce mini-Bercy ne nous a pas affectés très longtemps, ça nous a même peut-être donné un coup de fouet ; désormais, on savait où on allait. L'entité Sexion d'Assaut existait au-delà de nous, comme une sorte de conscience de groupe qu'on ne ressentait pas forcément de manière individuelle. On allait faire de grandes choses mais on ne savait pas encore quoi ni comment.

C'est à cette époque qu'on est devenus le groupe qu'on connaît aujourd'hui.

La Sexion d'Assaut à l'ancienne, lorsqu'elle comptait plus de huit membres. Photographie prise rue Milton (neuvième arrondissement de Paris), avec Henri Coutant et Namad (entre Black M et Adama). Septembre 2005.

Quelque temps plus tôt, on était encore une vingtaine, une trentaine de rappeurs, tous plus ou moins parisiens, comme un grand crew avec des tas de sous-groupes. Il y avait Assonance, il y avait le 3e Prototype, et il y avait des rappeurs solos, des mecs comme Anraye, qui nous suit depuis toujours, qui nous a photographiés, qui a archivé nos concerts, des gens comme Jiba, Balistik, Makan... À cause de la vie, des histoires des uns et des autres, seuls les plus déterminés ont fini par rester et former la Sexion. Adama, Maska, L.I.O., Lefa, Gims a.k.a. Maître Gims avaient fondé le truc et trouvé le nom (big up à L.I.O. pour ça, c'est à lui qu'on le doit!), puis JR O'Chrome, Doomams et enfin Black Mesrimes ont débarqué et on est devenus le groupe qu'on est aujourd'hui. On était six, sept, huit, ça dépendait des moments. Comme aujourd'hui, dans le fond, mais on reste Sexion d'Assaut.

Les yeux dans la rue

On était inconnus. On rappait dans la rue, au square Montholon, au collège, on enregistrait chez Macadam, un pote qui habitait du côté de Barbès ; on était des novices mais on avait envie. Le rap, c'était notre truc, et c'est cette passion qui nous a réunis. Plus tard, on allait se découvrir des points communs, en parlant de notre histoire, de nos familles, de notre religion, mais au départ, c'était le rap et l'amitié qui nous liaient. On avait cette envie de jouer cette musique ensemble, en dépit des mille choses à surmonter, en dépit des difficultés et des galères. C'était une époque où on n'avait aucun moyen à part notre foi, inébranlable, dans notre musique. On enregistrait dans des studios de fortune, avec une chaussette sur le micro, on mettait nos morceaux sur des CD vierges et on allait bousiller les graveurs de tous nos potes pour les dupliquer. Après, on les vendait de la main à la main, parfois par l'intermédiaire de nos amis, de nos connexions dans tel ou tel quartier de Paris : «Toi, t'habites dans le dix-huitième, voici trente CD. Toi, t'es dans le dix-neuf, prends aussi trente CD... Allez-y, vendez tout ça du côté de chez vous, faites tourner nos titres.» Parfois, on les

Ce monde est
éphémère,
tout ce qui s'y
trouve périt.

Et si t'aimes tant
la vie, c'est parce
qu'elle camoufle
ses rides.

LEFA

distribuait plutôt que de les vendre, d'ailleurs. *La Terre du Milieu,* un de nos plus vieux enregistrements, a vu le jour comme ça, avec un dessin de Gims en guise de pochette. On avait réuni soixante-cinq euros pour acheter des CD vierges rue Montgallet, un coin de Paris où ils vendent du matériel informatique, et on les a gravés. On prenait chacun une pile de

Cover de la mixtape *La Terre du Milieu,* dessinée par Gims. Sortie le 13 mai 2005 sous le nom de 3e Prototype, c'est la première mixtape du groupe sous le label Wati B.

© Fifou / Wati B

On aura toujours des sons qui découpent, des flows de killers

JR O'Chrome

vingt et on allait les vendre, c'était environ cinq euros. On en donnait aussi aux petits du quartier : «Tiens, je te file vingt CD, tu les vends, tu te prends dix ou vingt euros et tu nous rapportes le reste.» Tout le monde avait ses soldats, et ça vendait, on bicravait du rap en quelque sorte. Et avec les retours, on rachetait des CD, et on recommençait. On a dû écouler officiellement sept cents exemplaires de *La Terre du Milieu*. Pour voir si ça marchait, on tapait notre nom sur e-Mule, un site de téléchargement sur Internet, pour voir s'il y avait des gens qui partageaient. Et tant qu'on ne voyait pas notre nom, on n'était pas tranquilles. Et puis un jour on a vu le truc apparaître. On s'est dit : «Ah ! Ça y est ! Les gens commencent à télécharger *La Terre du Milieu*.»

Maître Gims, Maska, Adama et Black M, rue Pierre-Sémard : premiers portraits de groupe de la Sexion d'Assaut. Mai 2008.

On ne le savait pas, mais cette *tape* allait devenir légendaire. Elle est devenue légendaire parce que c'est un album qu'on ne trouve pas à la Fnac ni ailleurs, et même les personnes qui ont découvert le groupe plus tard se sont mises à le chercher. Aujourd'hui, il y a énormément de gens qui nous parlent de *La Terre du Milieu*, beaucoup plus que les sept cents personnes qui l'ont acheté à l'époque. Ce disque a une grande valeur affective dans l'histoire de la Sexion d'Assaut, c'est quelque chose de très fort parce qu'en un sens, c'était un peu le vrai début du groupe.

On avançait petit, comme on pouvait. On se cotisait pour payer le studio, ou alors on allait chez Maska, chez Adama, chez l'un, chez l'autre, et on se débrouillait. On faisait de petites scènes dans le quartier, on vivait au quartier, on rappait au quartier, on parlait du quartier, de nos descentes, de nos galères, de nos business, de tout ce qui faisait nos vies. La vente de drogue, les injustices de la police, les guerres de quartier... À cette époque, nos textes étaient très rue, ça puait le goudron parce que c'était notre quotidien. Quand on a commencé à avoir du succès, à la fin des années 2000, nos vies avaient un peu changé et les thèmes de nos morceaux aussi, donc le public ne connaît pas forcément cette facette de la Sexion d'Assaut, mais à

Les années passent,
les saisons changent,
les problèmes ne viennent
plus des cours de maths
mais d’avoir la peau mate

Doomams

l'origine c'était juste du rap de rue fait par des mecs de rue qui parlaient de la rue. On allait au square et on rappait, on allait à la cité Charles-Godon, rue Milton, et on rappait. C'était vraiment du rap de rue, un truc qui se vivait dans la rue, qu'il fallait voir dans la rue. Gims, qui vivait chez Lefa à ce moment-là, faisait du beatbox, et tout le monde posait sur le truc. Black M traumatisait tout le monde avec son style très visuel, sa gestuelle radicale, ses yeux immenses, il y avait une grosse ambiance quand on était tous ensemble. Et on commençait à ressentir une vraie confiance entre nous, on devenait un vrai groupe. On se voyait tout le temps, on relisait les textes des autres, genre : «Vas-y, t'as écrit quoi? Ah ouais, super! Regarde, moi, j'ai gratté tel couplet.» On se connaissait de mieux en mieux, on s'appréciait de plus en plus et on avait le même but. Ça devenait vraiment fort.

La gifle !

Adama disait toujours : « On ne sortira jamais rien tant qu'on n'est pas prêts. Il faut être sérieux, il faut savoir regarder loin.» Ça a toujours été un principe de base chez

On m'a dit : faut que j'adopte un nouveau rythme de vie, mais est-ce que changer me coûtera cher ?

Faites-moi vite un devis.

LEFA

nous, on partageait tous cette option, on vivait les choses dans cette optique. On n'avait pas cette soif de sortir immédiatement et de tout péter, comme plein de rappeurs. On était plutôt dans un délire de camp d'entraînement, on rappait, on travaillait, on savait que ça pouvait durer des années, mais on savait aussi qu'on arriverait quelque part. Maska investissait presque tout son fric dans les studios, celui qu'il gagnait ici et là, en se débrouillant. On s'arrangeait entre nous, mais comme on savait ce qu'on voulait faire ensemble, il n'y a jamais eu d'histoire d'argent, de remboursement ou de galères comme ça. On cherchait nos flows, on cherchait nos thèmes, on discutait, on posait les fondations d'une aventure qu'on ne soupçonnait même pas. De fil en aiguille, on a conquis le cœur du quartier, notre nom tournait pas mal. On était les gosses de la rue Milton, de la rue des Martyrs, tout le monde nous voyait tout le temps et partout. Même les gens qui n'étaient pas de la Sexion d'Assaut, ils se disaient Sexion d'Assaut. Ils expliquaient : « Sexion d'Assaut, c'est les gars d'ici. » Ça a créé une sorte de mouvement du quartier qui réunissait à peu près tous les gens comme nous, on était populaires, on se sentait soutenus. Et surtout, on était les meilleurs rappeurs du moment. Du moins, c'est ce qu'on croyait.

Dans la 9e Zone, on évoluait dans notre monde, sur notre petit nuage. On avait des titres qui faisaient la gloire du quartier, des chansons comme « Ganga Yaba Gang » ou « Frères de rue », on avait notre renommée locale et ça nous allait bien. Et puis, on trouvait que ce qu'on faisait était tellement mieux que ce qu'on entendait à la radio…

Ce qu'on ne voyait pas, c'est qu'il y avait des centaines de rappeurs autour de nous, dans tous les quartiers, dans toutes les banlieues, et que parmi eux, il y avait des types capables de nous envoyer au tapis. Ça nous est violemment tombé sur le coin du nez un jour où on est allés voir le battle 12 Inch All Star, un concours de rap qui avait lieu au Batofar, un bateau-salle de concert amarré dans le treizième arrondissement.

C'était un concours où les MC se défient face au public, exactement comme dans le film de Curtis Hanson sur Eminem, *8 Mile*. Et le gagnant pouvait se retrouver sur une compilation de la radio Génération 88.2, qui est vraiment la meilleure station rap sur Paris. En prenant le métro pour

C’est en se faisant tout petit qu’on finit par se faire écraser

Maska

s'y rendre, encore enfermés dans notre bulle, on s'est dit : « OK, trop facile, on va tout rafler, à l'aise, ça va se passer crème, car on est trop balaises. »

On a débarqué là-bas en petite formation, il y avait Gims, Lefa et Adama, et on s'est pris une putain de claque ! Des gifles et des gifles ! Déjà, il y avait plein de rappeurs plus connus que nous, des mecs un peu professionnels comme Kizito ou Grodash, des types qui savaient faire des morceaux avec des structures, des refrains, et qui avaient surtout une grande expérience de ce genre de battle. Ils avaient déjà participé à des clashs et affronté des tas d'autres rappeurs… ils avaient clairement une longueur d'avance sur nous. En les écoutant rapper, on a halluciné. On s'est dit : « Les mecs, là, y a du boulot, les mecs sont trop forts, c'est tellement dingue. Il va falloir bosser encore plus. » On a réalisé à quel point on était à côté de la plaque, à rester enfermés dans notre quartier en pensant qu'on était les meilleurs. On est redescendus vite fait de notre petit nuage et on est rentrés au quartier, un peu dégoûtés. Dans le neuvième, les gars nous attendaient : « Alors, c'était comment ? » Lefa les a regardés, l'air dépité, et il a dit : « On est les plus nuls ! Vous

vous rendez même pas compte à quel point on est mauvais comparés aux mecs qu'on vient de voir sur scène.» Ces mecs, c'était un autre monde, un autre niveau. On venait de découvrir qu'on n'était pas les meilleurs, qu'on en était même très loin. Ça nous a mis un coup de fouet, un coup de latte. On était amers, on était fiers et jaloux ; on était furieux.

On ne s'est pas laissé faire. Au quartier, on faisait les mecs confiants, mais quand on se retrouvait entre nous, on savait tous que ça nous avait marqués. Alors on a bossé, on n'a plus dormi jusqu'à ce qu'on y arrive. On y est revenus plusieurs fois, et six mois plus tard, les trois premiers du concours étaient Black M, Gims et Lefa ! Là, on s'est jetés à bloc dans le freestyle. C'était déjà un peu notre truc, mais à la base, Sexion d'Assaut était un groupe de studio, on écrivait des textes, on faisait des morceaux, on réfléchissait à des structures, et c'est comme ça qu'est née *La Terre du Milieu*. Peu à peu, on s'est pris au jeu et le freestyle est devenu notre discipline, au point que beaucoup de fans nous ont connus pour ça, pour notre délire de freestyle, de performance.

Le manchot te met une claque quand il te parle de son vécu

Maître Gims

À cette époque-là, ça avait déjà un peu démarré pour la Sexion. D'abord parce qu'on était un groupe, qu'on n'avait pas d'autre option dans la vie que de faire du rap, et aussi parce qu'on commençait à se faire un petit nom, à faire des concerts pour la Fête de la musique ou autre, et qu'on avait accumulé des tas de morceaux en stock. On bossait tous plus ou moins à côté pour avoir un peu d'oseille, mais on passait le reste de notre temps à faire du rap. On ne connaissait encore rien à l'industrie du disque et au business, mais on sentait qu'on était au bout d'un chemin et qu'il allait nous falloir un peu d'aide pour passer à l'étape suivante. Il nous manquait une étincelle, un détonateur. Ce détonateur, on l'a croisé par hasard, en plein Paris, du côté de la station de métro Châtelet-les-Halles.

QUI SERA SUR LE TRÔNE ?

À cette époque, Adama a été à l'origine d'une mixtape qui a marqué beaucoup de monde. Il avait à peine dix-sept ans et rien qu'avec sa tchatche, il a réuni un paquet de grands noms du rap qui sont venus poser sur son projet. Il avait lancé l'idée de faire une mixtape, et le coup de génie, c'est le nom qu'il a choisi : *Qui sera sur le trône ?* Rien que ce titre, c'était un coup de maître. Le rap étant ce qu'il est, avec son esprit de compétition, tout le monde voulait être sur le trône, donc tout le monde est venu, même des têtes assez connues. Tout le monde faisait des compilations ou des *tapes* à cette époque, mais celle-là était spéciale et personne n'a envoyé balader Adama quand il a contacté les artistes. Il y avait du lourd niveau tracklist : Alibi Montana, Grosash, Kizito, Nasma, Fredy K, du groupe ATK, les mecs de Ghetto Fabulous Gang... Il était question qu'il y ait Sefyu, puis ça ne s'est pas fait, mais ça a marché de fou. Nous, on avait environ dix-sept piges, on était un petit groupe de rue et là, tout d'un coup, tous les mecs débarquaient au studio les uns après les autres. Ça a fait beaucoup pour la renommée du crew, et tout ça c'est grâce à la tchatche d'Adama qui a convaincu tout le monde !

Welcome to the Wa

Producteur, manager, patron de label, grand connaisseur de la musique et du milieu rap, mec hyper-connecté... Dawala a été l'homme de la situation. Avec les années qui passent, on ne sait plus quel est son rôle précis puisqu'il est investi dans tous les domaines, mais pour nous, ça a été surtout un ami, une oreille, une vision, une intelligence hors du commun. Et surtout, il est arrivé pile au bon moment. Il nous a écoutés, il nous a compris, c'est une relation de grand frère. On avait besoin de lui, mais à l'époque on ne savait pas qu'il existait.

Dawala et Black M à la radio Générations 88.2 FM pour l'émission « Parlez-vous Français ? », le jour de la sortie de *L'Écrasement de tête*. 4 mai 2009.

Dadia Diakité a.k.a. Wati Boss est né à Paris mais il a grandi au Mali. Il n'est revenu en France que bien plus tard, à l'âge de sept ans. En un sens, il a eu un peu la même vie que nous tous, un parcours de déraciné, une vie d'Africain en France. Personne ne sait à quel point ça a joué dans notre relation mais le contact a été immédiat, on s'est compris dès le départ. La première fois qu'on l'a vu, c'était dans un studio à Châtelet-les-Halles. Il était avec Demon One, du groupe Intouchable, dont il s'occupait à cette époque. C'est un ami rappeur, H-Magnum, qui a fait la connexion entre lui et nous. Lorsqu'il nous a serré la main, on ne le savait pas, mais on rencontrait quelqu'un qui allait se montrer essentiel dans notre évolution.

À cette époque, on était à bloc. Dès qu'on voyait un rappeur, on voulait l'épater, on rappait devant lui, on sortait nos trucs. C'est ce qu'on a fait quand on a vu Demon One, ce jour-là : on l'a pas laissé en placer une. En arrivant au studio, on a mis un son et on a rappé, librement. Dawala est venu s'asseoir pour nous voir kicker, et on a tout déchiré.

> **On a kické, kické, kické, ils étaient tous choqués, et Dawala est tombé raide, comme une sorte de coup de foudre. Il s'est dit : « Merde, y a quelque chose à faire avec ces petits. » À partir de là, on ne s'est plus lâchés : il a pris son courage à deux mains et il a investi sur nous. C'est très courageux de sa part, car tout le monde n'est pas capable de ce genre de chose. Tu croises un groupe que tu ne connais pas dans un studio, tu ne sais pas ce que vont donner les mecs sur la longueur mais tu sens quelque chose, tu y crois. Tu y crois au point de mettre tes couilles sur la table et d'investir ton argent.**

C'est quelque chose de rare, et ça nous a touchés en plein cœur, c'était le début d'une vraie relation, une relation artistique mais aussi amicale, presque familiale. C'est auprès de lui qu'on a pu enregistrer *Le Renouveau*, quasiment au même moment que *La Terre du Milieu,* d'ailleurs. Sauf que pour *La Terre du Milieu,* il a mis de l'argent et gardait un œil dessus, mais on était plus à la roots, dans notre coin. Alors que pour *Le Renouveau,* c'est lui qui a tout financé,

La vie n'est qu'un jeux d'échec et à la fin

le  et le  vont dans la même boîte

MAÎTRE GIMS

qui a réfléchi au marketing. Nous, on avait juste à faire du son, à écrire, à enregistrer, et c'était la première fois que ça nous arrivait. Il payait le studio, il payait les grecs et le Coca, il nous allongeait de la thune, il nous mettait bien. Il voulait qu'on bosse dans les meilleures conditions et il nous donnait les moyens de le faire. Quand ça allait bien, il était là, et quand on avait des problèmes, il était là aussi. Que ce soit dix euros, cinq cents euros ou n'importe quoi qui puisse nous dépanner, il a toujours assuré.

Généralement, un producteur ne fait pas ça, il ne s'immisce pas autant dans la vie privée des artistes. Mais Dawala est comme ça, il est comme un grand frère. Il s'est embarqué dans l'aventure sur un coup de tête purement artistique et il ne nous a jamais lâchés. Il nous a fait enregistrer un vrai CD qui a atterri dans les bacs, il arrangeait des collaborations avec les autres artistes dont il s'occupait et nous calait aussi des scènes. Un des premiers concerts organisés par lui, c'était à Laval, où on devait faire la première partie de Dry, qui était son artiste. C'était assez mal tombé, parce que c'était le soir du match France-Brésil, le quart de finale de la Coupe du

Moi je peux te décrocher la lune en gardant les pieds sur terre

Black M

monde 2006, et il n'y avait personne dans la salle… Mais tout ce côté professionnel venait de lui, c'est lui qui nous poussait, qui nous permettait d'avancer.

Il a toujours vu plus loin que nous. On ne connaissait pas grand-chose au business, mais lui connaissait bien. Il avait noué des contacts partout, chez les artistes, dans les maisons de disques, il savait comment le business fonctionnait et voulait nous emmener loin. Il avait une sorte de vision. Il visait quelque chose dont on n'était même pas encore conscients. À son contact, notre optique a peu à peu changé, nous avons grandi en tant que groupe. À la base, on voulait juste diffuser nos sons, se faire entendre un peu, comme avec *La Terre du Milieu,* mais il nous a montré une autre voie : il nous a fait réviser nos ambitions pour aller encore plus loin. Désormais, on voulait sortir des disques et faire carrière, alors qu'avant, on voulait juste faire du rap. Il a insufflé une vraie énergie dans la Sexion d'Assaut.

Dès le départ, il a eu un comportement étonnant pour un producteur… À la fin de l'enregistrement du *Renouveau,*

J'ai jamais été petit, j'étais un futur grand

L.I.O.

on était devenus plus adultes, on avait une conscience assez claire de ce qu'on voulait faire de nos vies, y compris en termes de spiritualité, de vie de famille ou autre. Nos aspirations religieuses étaient très fortes, on en parlait toujours beaucoup entre nous, et plusieurs membres du groupe ressentaient le besoin de faire une pause. Dawala l'a très bien compris et malgré l'argent qu'il avait investi, malgré le temps qu'il passait quotidiennement pour nous développer, il nous a laissés faire. Ça faisait presque un an qu'on faisait partie de son label, Wati B, et on a fait une pause. Il ne nous a jamais rien demandé en échange, il a juste compris ce qui était important pour nous. On s'est sentis compris, épaulés, et on a fait une pause, en toute sérénité. Ça a duré un peu plus d'un an selon les membres du groupe. *Le Renouveau* était prêt, il allait attendre patiemment dans les cartons du label pour ne voir le jour que l'année suivante.

DAWALA : « JE ME SUIS VU EN EUX. »

Je les vois, je les repère et j'ai un déclic immédiat. Je me suis vu en eux, en fait. Je me suis vu quand j'étais plus jeune, moi le jeune joueur de foot, en train de démarcher les équipes, les managers, de traîner dans le milieu pour trouver des connexions. Quand j'étais gosse, je voulais faire du foot, devenir professionnel, et je voulais que quelqu'un s'occupe de moi pour pouvoir percer, tout ça. Mais pour moi, personne ne l'a fait. Et en voyant Gims, Adama et tous les autres, je me suis dit : « Ouais, ils vont percer, je sens quelque chose, je vois un potentiel. » Mais je connaissais bien ce business alors j'ai été clair avec eux. D'emblée, je leur ai dit : « Attention, les gars, c'est pas facile d'être rappeurs. » Et là, en parlant avec eux, je découvre des types avec une certaine naïveté, qui se moquaient de ces histoires de professionnalisation. Ils ne voulaient même pas être professionnels, ils n'y pensaient pas. Ce qu'ils voulaient, c'était juste faire un CD, et pouvoir donner le CD à tout le monde, à leurs potes, à leurs familles... Ils voulaient que ça soit un peu distribué, ils voulaient voir leur musique dans les bacs, c'était juste ça. Ils ne pensaient même pas à l'argent. Je leur répétais : « Attention les gars, la musique, c'est dur à gérer, etc. » Et ils me répondaient : « T'inquiète pas, Dawala ! Nous, on veut rien, on veut juste que notre CD soit dans les bacs. »

De La Terre du Milieu *à* L'Écrasement de tête

La Sexion d'Assaut, avec Balistik, à l'époque d'« Anti-tecktonik » (*Le Renouveau*), rue Pierre-Sémard. Septembre 2008.

On s'est arrêtés pendant environ un an, peut-être un peu plus longtemps. On était ailleurs, on avait besoin de se ressourcer, besoin d'autre chose. Toujours est-il qu'à l'époque, on avait seulement besoin de faire une pause.

La spiritualité a toujours été indissociable de nos vies, c'est quelque chose qu'on porte en nous, quelque chose qu'on a en commun. Peut-être encore plus aujourd'hui, à l'heure où on écrit ces lignes, après le succès, les disques d'or, de platine ou de diamant, les polémiques et toutes ces choses qui ne sont pas forcément faciles à vivre.

Petit à petit, la passion pour la musique a toutefois repris le dessus. On se voyait toujours, on s'est mis à réécouter du son ensemble, à réécouter nos sons, et on a fini par se dire que quitte à s'y remettre, autant en faire quelque chose pour de bon, exploser une bonne fois pour toutes. Quand on est revenus aux affaires, on était dans cet état d'esprit : ne rien faire ou alors tout exploser. On a choisi la deuxième solution.

(Re)nouveau départ

On avait *Le Renouveau* en stock, il n'y avait qu'à le sortir. Dawala était resté dans les parages et il a repris les choses en main sitôt qu'on est sortis de notre petite « retraite ».

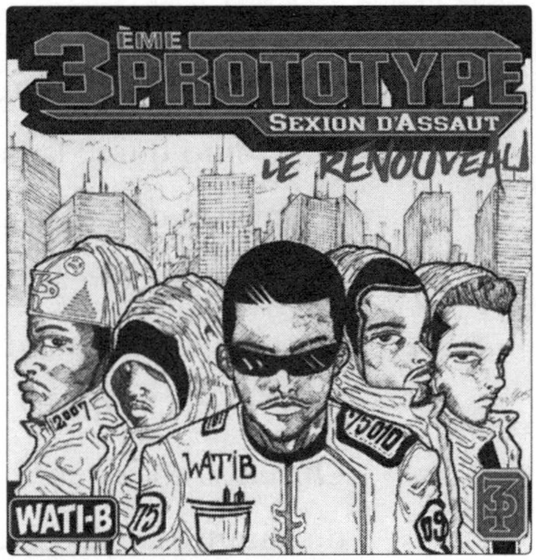

Cover du premier street album du 3e Prototype, *Le Renouveau*, dessinée par Gims (sorti le 4 avril 2008).

Là, on a retrouvé une vraie dynamique, surtout que *Le Renouveau,* qui paraît en 2008, contient plusieurs petites bombes, notamment deux titres qui ont été des fondations pour notre groupe : « Anti-tecktonik » et « L'histoire pire que vraie ». Le premier single a marqué les gens qui ne nous connaissaient pas vraiment, bien au-delà du cercle rap, et le deuxième a fait capoter tout le hip-hop français. Là, on a vu les retombées, on a vu les résultats, on s'est sentis poussés vers quelque chose de plus fort. Auparavant, on était un peu jeunes pour saisir toutes les implications de ce qu'on faisait, mais avec ces deux titres, tout a changé. On était la Sexion d'Assaut, Wati B, des mecs qui font de la musique et pour qui les choses commencent à être sérieuses.

La tecktonik, ça nous faisait marrer. C'était une sorte de mode très éphémère avec des gars en jeans slim et des crêtes fluo qui se la racontaient sur de la dance pourrie, avec des phases de danse un peu improbables. Tout le monde se moquait de cette mode étrange, y compris les journalistes – qui réalisaient quand même des tas de reportages sur eux… Bref, tout le monde les tournait en dérision, et nous aussi. On en rigolait entre nous, on voyait les mecs au journal de vingt heures, ils avaient vraiment des têtes à claques avec leur look de petits bourgeois fluo… Le morceau « Anti-tecktonik » est né comme ça, à base de déconne, avec Gims qui a trouvé ce gimmick imparable : « C'est parce qu'on nique la tecktonik. » Ce n'était pas méchant, c'était plutôt ironique, ça nous faisait rire de les chambrer. On a décidé de clipper le morceau et ça a cartonné. Quand on a vu les retours, on a halluciné.

« L'histoire pire que vraie », c'est différent, mais ça reste un morceau clef dans la discographie de la Sexion d'Assaut. C'est nous, avec nos vies, nos aspirations, nos espoirs, ce qu'on voit, ce qu'on vit, à ce moment-là. C'est des histoires

Si l'argent tombait du ciel, l'avare tiendrait son parapluie à l'envers sans hésiter

Black M

Zidane a beau avoir la calvitie, il a porté la plus belle coupe du monde.

L.I.O.

de racisme entre des Arabes et des Noirs, des mecs qui ont les mêmes problèmes et qui feraient mieux de s'unir plutôt que de se tirer dessus. C'est un thème classique dans le rap français, mais là, on l'a traité façon Sexion. C'est juste pire que vrai… On ne pouvait pas trouver de meilleur titre.

Sexion 2.0

On est des enfants d'Internet, on a grandi avec le web, on est habitués. Mais quand on a vu les compteurs Youtube s'affoler avec ces deux titres, on a vraiment saisi la puissance de ce média. Les deux clips nous avaient coûté environ mille euros, ce qui est ridicule quand on voit les budgets dont on dispose aujourd'hui, et quand on a capté les retours que ça nous emmenait, on a halluciné. C'était incomparable avec ce qui s'était passé avec *La Terre du Milieu*, le disque qui nous avait pourtant offert nos premiers espoirs. Forcément, ça nous a donné des idées pour la suite.

On a entrepris une véritable stratégie avec ce média, on a décidé de l'utiliser comme outil de communication, et ça

On perçoit notre vie comme un dessin fait dans la nuit.

À partir de quelques traits, l'humain se fait son avis.

MASKA

allait beaucoup jouer dans notre succès. Que ce soit avec des freestyles, des vidéos de rue, des clips viraux, personne ne l'avait vraiment fait avant nous, du moins pas à cette échelle.

Nous, on a toujours pensé « communauté », on a toujours pensé à nourrir les réseaux, à donner, à offrir des titres ou des images à nos fans. La plupart des artistes ont attendu Facebook pour développer ce genre de pratiques, pour tisser des liens privilégiés avec leur public, mais nous, on a pris le truc à la source. Avant Facebook, on était déjà en contact permanent avec notre communauté de fans, on était sur MSN, on tchattait avec tout le monde, on avait des milliers de contacts auprès desquels on faisait circuler nos morceaux.

Les rappeurs américains étaient déjà à fond là-dedans, mais ça ne prenait pas encore en France. Gims et Maska, eux, étaient très au courant de tous ces trucs, ils suivaient notamment des rappeurs de Philadelphie qui enregistraient des freestyles en pleine rue. Les types se filmaient en train de rapper en bas de leur immeuble, ils collaient tout ça sur Youtube et étaient suivis par toute la planète. Quand on a vu ça, ça nous a parlé immédiatement, parce que pour

© Fifou / Wati B

nous, rapper dans la rue, c'était le quotidien, on ne faisait que ça, l'après-midi, la nuit, tout le temps. On s'est dit qu'on était des fous de ne pas y avoir pensé avant, et on a décidé de faire pareil, de se filmer et de mettre le résultat sur le web.

À cette époque, c'était quelque chose que les rappeurs ne faisaient pas ou en tout cas pas de cette manière. Les mecs produisaient des clips bien faits, très carrés, très propres, alors que nous, on faisait du brut, des trucs de rue, filmés la nuit, à l'arrache, avec des petits moyens ; on avait notre esthétique.

Les fans ont cliqué et ça a fonctionné ! Alors on a eu une de nos meilleures idées : on est allés voir des sites Internet de rap comme Booska-P, et on a cherché à mettre en place une stratégie marketing efficace. Le principe, c'était de lâcher deux morceaux, deux freestyles ou deux street clips par mois, jusqu'à ce que ça pète pour de bon. C'est à cette époque qu'on a fait « À 30 % », « Où sont les kickeurs ? » et

«Ah ouais paraît qu'j'suis doué». Pourtant, au départ, Fif Tobossi, le fondateur du site Booska-P, qui est devenu par la suite un de nos plus gros supporters, n'aimait pas trop la Sexion. Il ne comprenait pas où on voulait en venir, mais on continuait à l'inonder, on lui envoyait tout le temps des sons, des trucs comme ça, pour le motiver et pour qu'il parle de nous sur son site. Malgré tout, on voyait bien qu'il n'accrochait pas spécialement et un jour, Adama l'a appelé et lui a dit : «Bon, je t'envoie un dernier son, c'est un solo de Maître Gims. Le morceau défonce totalement ! Si t'aimes pas ce morceau, c'est que tu n'aimeras jamais Sexion d'Assaut, et je t'enverrai plus rien, on arrête de t'embêter avec nos sons et nos clips… » Le morceau, c'était « À 30 % », de Gims, et Fif a capoté. Il a adoré, et il nous a rappelés direct, et on a commencé par enregistrer un freestyle avec Booska-P. Ça a été le début d'une belle collaboration avec le site et son équipe. Fif est entré dans l'histoire, il nous a recommandés auprès des labels, il leur parlait tout le temps de nous. Il se rendait compte qu'on pétait le score dès qu'il postait nos vidéos.

Les Chroniques du 75

Avec cette stratégie, on a accroché des tas de gens, et ça a bien remué le rap français. On n'était pas encore signés en maison de disque, on faisait encore les choses dans notre coin avec Dawala, mais nuit et jour on bossait dur parce qu'on sentait qu'on n'était pas loin d'atteindre un vrai niveau. Parallèlement, en bons Wati soldats, on arborait les couleurs du label, on représentait Sexion d'Assaut *et* Wati B, avec les tee-shirts sortis tout droit du coffre de Dawala. On les portait dans nos clips, on sentait qu'il y avait une demande et qu'on était en train de rassembler autour de nous une petite communauté. Un peu plus tard, Black M et JR O'Chrome ont compilé certains de ces morceaux pour mettre au point *Les Chroniques du 75*, qui rassemble tous ces freestyles, ces morceaux de l'époque et tous ces trucs de quartier enregistrés au clair de lune. En quelques semaines, il a été téléchargé à plus de quarante mille exemplaires. Pour nous, c'était complètement dingue.

Là, il se passait réellement quelque chose, donc on s'est mis à réfléchir sérieusement à la suite : on s'est donné deux ans pour mettre en place une stratégie et faire en sorte que ça fonctionne jusqu'au succès. C'était planifié, on avait Dawala qui supervisait les choses, on avait envie d'avancer ensemble et on avait surtout beaucoup de volonté. La volonté de s'en sortir, de faire découvrir notre rap à un public de plus en plus large, et de se mettre un peu à l'aise. Il faut savoir qu'à l'époque, avant d'être le groupe qu'on connaît aujourd'hui, on était juste des mecs de rue parmi d'autres, mais à la différence des équipes d'autres quartiers, nous, on était un peu dans la dèche. C'est quelque chose dont on se souvient très bien, donc autant être honnête : à cette époque, on était des petits rappeurs de rue, on n'était pas sapés du tout, on avait pas d'oseille.

On regardait les autres, ils avaient le permis de conduire, ils avaient des caisses, ils avaient des copines et tout ça. Et en été, ils se tiraient en Espagne ou ailleurs, ils partaient tout le temps en vacances. Nous, à côté d'eux, on était plutôt des galériens. On restait au quartier à rapper un peu et à gratter des clopes pour rouler des pétards... On a mis des années avant de pouvoir se saper, à choper le permis, et surtout à pouvoir s'offrir des vacances. En revanche, quand on a pu partir, c'était autre chose que de simples vacances en Espagne !

Les blessures sont internes,
l'alcool les désinfecte.
Ceux qui connaissent
la faim te parleront jamais
d'petit déj infect.

L.I.O.

Ne t'accroche pas à la beauté, elle te fera haïr le temps

Maska

Vers la fin de l'année 2008, on était prêts. Nos comptes MSN étaient remplis de milliers de contacts, on avait des supporters dans tous les coins, on sentait que notre public grossissait et qu'il était temps d'aller plus loin. On était crédibles auprès des maisons de disques, on était crédibles auprès de Dawala, c'était le moment d'avancer. On était prêts pour écraser des têtes…

Maître Gims, rue Pierre-Sémard. Mai 2008.

De L'Écrasement de tête à L'École des points vitaux

La route

est longue

mais je ne

manque pas

de sens.

J'ai juste peur d'arriver

avant et

de rater

l'essentiel.

BLACK M

À cette époque, Sexion d'Assaut ressemblait à une nébuleuse à laquelle le public ne comprenait pas grand-chose : il y avait 3e Prototype, soit JR et Gims, qui se mélangeait un peu avec Assonance, soit Lefa, Maska et Adama, puis des rappeurs solos comme Black M, Doomams ou L.I.O. – qui était d'ailleurs parti aux États-Unis à ce moment-là. Nous, on comprenait tout, mais vu de l'extérieur, ça paraissait un peu compliqué. Quand Dawala nous a signés en tant que producteur et manager, il a mis le doigt sur la confusion que cette drôle de galaxie pouvait engendrer. Il nous a dit : « C'est trop compliqué pour le public. Et puis vous criez tout le temps : "Sexion d'Assaut, Sexion d'Assaut !" Ce que je vous recommande, c'est que vous ne laissiez apparaître qu'un seul groupe et que vous l'appeliez Sexion d'Assaut. » Il ne nous a obligés à rien, évidemment, mais une fois de plus, il était dans le vrai. Alors on a décidé de laisser tomber le nom 3e Prototype ainsi que toutes les appellations satellites, et d'apparaître enfin sous le seul blaze de Sexion d'Assaut, histoire que ce soit plus clair. C'était plus logique, bien sûr, mais ça a quand même provoqué un débat entre nous. On en a parlé des jours et des jours, et puis on a opté pour Sexion d'Assaut.

***Le Renouveau* était d'ailleurs sorti sous la double étiquette 3e Prototype / Sexion d'Assaut, mais c'était le dernier disque à utiliser cette appellation. Plus tard, quand on a signé pour de vrai avec une maison de disque, on a définitivement opté pour Sexion d'Assaut. Mais déjà, à cette époque, on n'était plus un collectif nébuleux, on était devenus un groupe, un groupe de rap.**

Écraser des têtes

Cover de *L'Écrasement de tête,* sorti le 4 mai 2009.

On était donc prêts pour sortir *L'Écrasement de tête,* premier street-album de Sexion d'Assaut, et même premier disque entièrement conçu sous le nom de Sexion d'Assaut. Pour nous, c'était une étape importante parce qu'au-delà du nom du groupe, le disque sortait via un vrai label, Wati B, et une vraie maison de disques, Because Music. Et tout ça, c'était encore grâce à Dawala qui a pas mal galéré pour nous à l'époque. Le vrai challenge, c'était d'arriver à nous faire signer quelque part. Les labels à destination du grand public ont parfois du mal à signer des rappeurs solo,

© Fifou / Wati B

notamment pour des questions d'image ou de rentabilité, mais quand ils sont huit, c'est encore plus difficile. D'autant qu'on ne vient pas de la banlieue, comme la majorité des rappeurs, mais de Paris, ce qui déstabilisait encore un peu plus les maisons de disques, qui avaient des idées bien arrêtées sur les artistes de rap. Du coup, on n'intéressait pas grand monde.

Sauf que, quand Dawala croit à quelque chose, rien ne peut l'arrêter, pas même ses propres amis, qui lui disaient : « Mais t'es sûr ? Tu veux bosser avec eux ? Ça va être compliqué, ils sont huit… » Lui, il y croyait à 200 % et rien que pour ça, il a notre respect éternel. Lorsqu'on a eu ce deal avec Because, ça faisait déjà longtemps qu'il y travaillait. Il était allé voir tous les labels, il avait frappé à toutes les portes, il avait laissé des CD partout, mais on lui répondait toujours la même chose : « Ce n'est pas encore mûr, il faut qu'il y ait plus de demande que ça de la part du public.» Seulement, ce que les labels ne voyaient pas, c'est que la demande existait déjà. Ils ne se rendaient pas compte qu'avec nos freestyles, nos clips, nos tracks sur le web, nos vidéos ou nos pages Facebook, ça faisait des années qu'on la stimulait, et que notre public n'attendait qu'une chose : qu'on sorte un disque.

Ça a donc pris du temps mais ça a fini par se faire : il est arrivé un moment, précisément à l'époque de *L'Écrasement de tête*, où plus aucun label ne pouvait nier le buzz qu'on avait dans la rue. On était la rue.

L'Écrasement de tête, qui est sorti en 2009, est notre première vraie vitrine. C'est notre premier vrai CD distribué normalement, payant, dans les bacs comme sur le web. Sa sortie correspond à une période durant laquelle le groupe s'est solidifié, où on a fini de prendre nos marques.

À l'origine, il y a ce noyau dur constitué d'Adama, Maska, Gims et Lefa, et à cette époque on intègre définitivement les autres membres. Black M n'est plus un électron libre qui gravite autour de nous, il fait partie du groupe, il partage cette amitié, il entre dans le cercle. Pour Doomams, c'est pareil : il déménage rue des Martyrs, au cœur de la 9e Zone, et même s'il reste quelqu'un d'indépendant, il est Sexion d'Assaut lui aussi, il est dans le même délire. JR, qui est très proche de lui, s'intègre également dans l'histoire.

L'avocat du diable, j'ai l'humeur d'un juge qui t'met du ferme pour un petit litige

DOOMAMS

Devant le centre Georges-Pompidou, à Paris, le jour de la sortie de *L'Écrasement de tête,* Maska et Maître Gims se préparent pour leur freestyle en extérieur. 4 mai 2009.

Nous étions déjà un groupe, bien sûr, on était déjà ensemble sur le disque précédent, mais cette période autour de l'enregistrement de *L'Écrasement de tête* consolide nos relations, officialise le truc. Pourtant, c'est une période pas toujours facile, une période étrange. On est dans une sorte d'état d'esprit un peu bizarre parce qu'on manque d'argent mais que, paradoxalement, on a déjà du succès, des gens qui nous suivent, qui nous reconnaissent dans la rue. Mais c'est cool, on le vit bien, on partage des grands moments d'amitié, entre la rue et le studio, et ça compte énormément dans notre dynamique de groupe. Ce sont des moments de vie, ces aventures qu'on partage entre potes, des choses qui sont essentielles dans notre histoire.

On est entrés dans les bacs sans aucun titre en radio. Ça collait avec ce que nous avait dit Dawala, à savoir que personne ne voulait nous suivre, que personne n'y croyait encore vraiment. Génération 88.2 avait timidement intégré un morceau à sa playlist puis l'avait fait sortir presque aussi vite, mais on s'en foutait un peu. On connaissait déjà notre public, on savait qui nous suivait. On a donc décidé de faire les choses par nos propres moyens, comme on l'a toujours fait. Le jour de la sortie, on a commencé par organiser un gigantesque freestyle de rue en plein Paris, sur le parvis de Beaubourg. À l'origine, ça devait être aux Halles, juste à côté, mais comme on avait fait passer le mot via Internet et que nos fans étaient venus en masse, les flics nous ont repoussés quand on s'est pointés. On s'est donc retrouvés pas loin, du côté de Beaubourg, on a posé notre son, on a empoigné les micros, et on a commencé à rapper. En trois minutes, le parvis était noir de monde ! Dawala distribuait des tee-shirts, c'était vraiment de la promo de rue, un truc de terrain, comme on a toujours su faire. Petit à petit, des

Arrivée de la Sexion d'Assaut, suivie du public, sur l'esplanade de Beaubourg, à Paris, pour son freestyle à l'occasion de la sortie de *L'Écrasement de tête*. 4 mai 2009.

Black M et Lefa devant Beaubourg le jour de la sortie de *L'Écrasement de tête*. 4 mai 2009.

cercles se sont formés un peu partout, ça freestylait dans tous les coins, il y avait une super-ambiance. C'était fort de voir tous ces gens se réunir pour freestyler dans la rue, avec comme seule raison la sortie de notre street-album… Aujourd'hui encore, même avec le succès, ce sont des choses qu'on serait capables de refaire, parce que ça correspond à notre culture rap : être dans la rue, rapper, donner du temps à notre public. On est restés assez simples, toujours proches des gens, c'est comme ça qu'on vit le rap, aujourd'hui encore.

Sexion live

Pour amplifier encore le buzz et le succès, Dawala a organisé un concert à la Scène-Bastille, une salle d'environ quatre cents places, ce qui est quand même pas mal pour un jeune groupe. C'était un bon challenge et ça nous a mis un peu la pression parce qu'il fallait remplir la jauge. Il était hors de question de se louper, c'était notre première grosse date parisienne. On faisait des pronostics entre nous, on se demandait si les gens allaient venir, combien on ferait d'entrées, mais la vérité c'est qu'on flippait un peu. Et en fait, on a tout rempli direct. On a même réussi une doublette : le lendemain, c'était encore blindé de monde. Pour nous comme pour Dawala, c'était normal, on savait que ça se passerait comme ça, mais pour les gens qui regardaient de l'extérieur, c'était étonnant.

Black M et Adama pendant le concert de la Scène-Bastille. 18 juillet 2009.

C'est à ce moment-là que les labels, les tourneurs, les gens du business ont commencé à se rendre compte qu'il se passait quelque chose autour de nous, qu'il y avait un buzz important et une vraie fan base. Ils n'avaient rien vu venir, mais brusquement ils se sont tous intéressés à nous. On a commencé à avoir d'autres dates, à être programmés un peu partout…

J'cogite régulièrement pour mailler, y a pas de magie.

Le ghetto te joue des tours à la David Copperfield.

JR O'CHROME

JR O'Chrome pendant le concert de la Scène-Bastille. 18 juillet 2009.

La Scène-Bastille a marqué le début de notre première mini-tournée, organisée par Wati B : on a fait le tour de France dans tous les sens. C'était nouveau pour nous, et c'était génial, on avait l'impression de partir à l'aventure. On traçait en van, parfois en train, mais on faisait surtout des distances de fou, on bouffait des kilomètres tous les jours, pour faire des boîtes de nuit, des scènes, des petits festivals.

Nos concerts étaient toujours aux quatre coins de la France, on passait notre temps à tracer d'un bout à l'autre du pays, on passait des jours et des nuits dans le bus pour aller dans des patelins parfois inconnus, en pleine brousse.

Une nuit, après avoir joué dans une boîte à Marseille, on a dû rallier Quimper. On a roulé pendant quatorze heures, on était claqués. Cette nuit-là, Maska, qui avait le dos en vrac, a dû rester allongé à l'arrière pendant tout le trajet, c'était vraiment rude. On galérait encore un peu niveau finances, donc on ne descendait pas dans des grands hôtels, on bouffait des sandwichs à l'arrache sur les aires d'autoroute, mais c'était hyper-fort de vivre ça tous ensemble. Malgré quelques petites galères, et malgré la fatigue, l'ambiance était super-bonne et les salles toujours pleines.

Maître Gims interprète un solo face au public de l'Élysée-Montmartre. 11 décembre 2009.

Notre ambition grandissait, notre inspiration aussi, on écrivait beaucoup, on taffait sérieusement à notre premier album… C'était une sacrée aventure humaine, des barres de rire, de la déconne, tout le temps. La tournée, c'est probablement la meilleure partie de notre vie d'artistes. C'est du rêve et du travail.

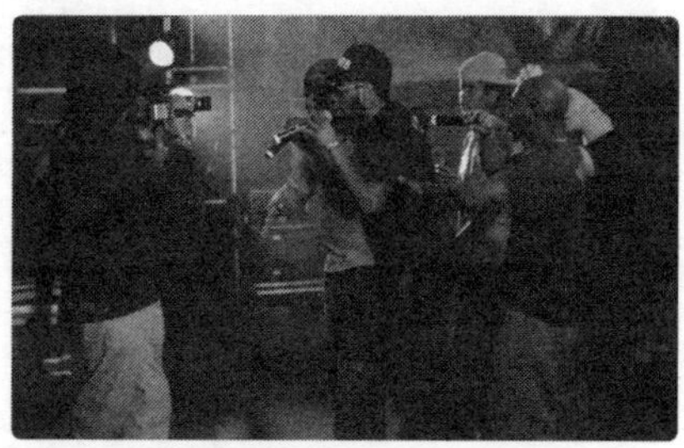

Pour son site Booska-P, Fif filme la Sexion d'Assaut lors de son freestyle à l'Élysée-Montmartre. 11 décembre 2009.

Puis, à la fin de l'année, Dawala nous propose un autre projet fou : jouer à l'Élysée-Montmartre. On l'a fait, c'était blindé de chez blindé. On a plié la salle, on a tout retourné. Boom !

L'École des points vitaux

Dans les backstages de l'Élysée-Montmartre, la Sexion d'Assaut pose avec des membres de l'Institut, John K et l'Insolent. 11 décembre 2009.

Après *L'Écrasement de tête*, on a quitté Because Music. Ils ne croyaient pas encore vraiment à notre projet, et on cherchait autre chose. Ce qui intéressait Dawala, c'était de négocier un accord de licence avec une maison de disques, pour que Wati B reste producteur du disque et que la maison de disques s'occupe de la distribution et de la promotion. C'est comme ça qu'on a atterri chez Sony. On partait pour plusieurs projets avec eux, leur équipe était enthousiaste et impliquée, et on se sentait à l'aise pour sortir *L'École des points vitaux*. C'était notre premier *vrai* album, et on y pensait déjà depuis longtemps. Il était question de péter le score, et on s'en sentait capables.

Pire que vrai

L'École des points vitaux, c'est un premier album, mais c'est aussi un départ vers autre chose, le début d'une autre tranche de vie, une époque où on entrevoit enfin les fruits du travail qu'on a accumulé depuis une dizaine d'années. C'est comme une suite logique : on a passé une bonne partie de notre jeune vie à ne pas savoir quoi faire, à faire un peu de business en sachant que c'est difficile d'en vivre à long terme, à gratter de l'argent là où il y en avait, à traîner, à errer, à vouloir rapper, à essayer de mener nos vies du mieux qu'on peut… Et puis on a grandi, on est devenus plus stables, certains se sont mariés, ont eu des enfants… On avait beaucoup avancé depuis nos débuts, et on a senti qu'il se passait enfin quelque chose de très gros : une maison de disques nous signait et nous payait, les médias commençaient à faire attention à nous. On avait un public qui nous suivait, un buzz surdimensionné, un manager solide et une major derrière nous : il ne restait plus qu'à écrire, enregistrer et tailler un vrai et bel album. Et surtout, on était définitivement soudés, on vivait ça en petit comité et ça renforçait encore nos liens.

Cover de *L'École des points vitaux,* sorti le 29 mars 2010. Premier album studio du groupe en tant que tel, il est marqué par le retour de L.I.O., notamment dans la chanson « Paname lève-toi ».

C'est la Sexion-famille, des amis d'enfance, ceux qui ont choisi de vivre de leur passion, d'en faire leur métier, de bosser, de partager les succès et d'affronter ensemble les éventuelles galères qui se présenteraient.

On avait déjà quelques morceaux en stock, mais on partait quand même avec la sensation de la feuille blanche. On ne tenait pas à reprendre nos vieux titres, on voulait faire du neuf, donc on s'est mis à chercher des prods, à gratter des textes inédits. On fonctionne toujours comme ça, de toute façon.

Notre logique, c'est de se dire que plus on avance dans le temps, plus on a abattu de travail, donc plus on est bons. Et lorsque tu es meilleur qu'il y a six mois, il n'y a pas de raison de reprendre des compos ou des textes d'il y a six mois.

Même quand on a fait *L'Écrasement de tête,* qui était un street-album, on ne s'est jamais dit : «Tiens, ce morceau est vraiment lourd, on va le garder pour l'album.» Au contraire, on met tout ce qu'on a de mieux dans le projet du moment. Et les trucs rincés, pas assez lourds, les morceaux qui ne sont pas au niveau ou qui sont trop vieux, on les oublie. On ne garde que la crème de la crème.

La Sexion en studio

Adama, le jour de la sortie de *L'Écrasement de tête,* au studio de la radio Générations 88.2 FM pour l'émission « Parlez-vous Français ? ». 4 mai 2009.

Ce n'était pas la première fois qu'on se retrouvait en studio, loin de là, mais c'était quand même spécial puisqu'on enregistrait notre premier album. Du coup, les dynamiques se sont affirmées, le rôle de chacun des membres s'est précisé, on a mis en place au fil des semaines notre propre fonctionnement de studio. Déjà, on a décidé de ne pas être tous présents en permanence. En général, il n'y avait que ceux qui enregistraient qui se pointaient à la session, sinon ça aurait été le bordel – et c'était déjà bien le bordel... On essayait de travailler en petites équipes, on s'arrangeait suivant les jours, les disponibilités des uns et des autres. C'est un peu comme une équipe de foot, si on ajoute Dawala et DJ Hcue, et chacun a son poste.

Gims, c'est la conscience artistique, le côté esthétique des chansons. Il fait beaucoup de compositions, il trouve les gimmicks, il ramène les refrains, il est très fort pour ça, donc on l'a laissé aller à fond dans cette direction.

Si l'talent faisait
j'aurais la peau

LEFA

Maska, le jour de la sortie de *L'Écrasement de tête,* au studio de la radio Générations 88.2 FM pour l'émission « Parlez-vous Français ? ». 4 mai 2009.

Gims a beaucoup bossé avec Wisla, un autre compositeur. Ils se mettaient dans un coin avec un ordi, un clavier, et ils testaient leurs trucs, ça avançait comme ça. C'est leur côté tatillon, leur souci du détail, leur capacité à organiser les sessions, à accompagner les disques, qui fait qu'on a une totale confiance en eux.

On s'est aussi beaucoup concertés sur les thèmes. On n'était pas dans une optique freestyle pur à la «Wati Bon Son» ou autre. On voulait travailler des textes, faire évoluer des histoires, mettre de l'émotion.

Derrière une chanson comme « Tel père, tel fils », par exemple, il y a du travail, des discussions, des tas échanges entre nous, même parfois au sujet d'une seule rime, genre : « Ah non, ça sonne mieux comme ça, et puis là vaut mieux mettre direct le refrain... » Ce genre d'ambiance et d'échanges qui fait qu'au final, tout ce qu'on a mis sur le disque a été réfléchi, travaillé, sans autre but que de produire du bon son, d'être opé pour le public, pour les fans.

Les gens qui nous écoutent et qui sont extérieurs à nos ambiances de studio ont parfois l'impression que c'est simple de composer des chansons, que tu te lèves le matin et que tu places ton texte. Mais la réalité, c'est que c'est du boulot. Dix ans de Sexion d'Assaut, c'est un boulot de malade ! Vraiment, nous n'avons rien volé, on a taffé, taffé, taffé… Et si tu ne le fais pas sérieusement, si tu ne te concentres pas, quitte à annuler parfois des soirées, des sorties avec des potes, parfois des vacances, alors ça ne peut pas marcher. Il faut être prêt à ce genre de sacrifice, sinon c'est impossible. Que ce soit du rap, du rock, de la musique classique, c'est pareil.

Les deux Diallo, Black M et Adama, rue Pierre-Sémard. Septembre 2008.

Après, on peut dire de nous qu'on fait un rap commercial ou autre, mais les gens qui disent ça n'ont pas idée de ce qui se passe dans nos têtes ni du travail qui est fourni dans un studio. Ils ne savent pas à quoi ça ressemble de réfléchir à une chanson, d'ajuster le texte… Personne ne fait ça en se disant : « Ouais, il faut que ça passe en radio ! » Personne. Il faut savoir que même un tube, c'est imprévisible.

On ne se lève pas le matin en se disant : « Tiens, aujourd'hui, on va faire un tube. » D'ailleurs, le gros tube de ce premier album, « Casquette à l'envers », ça a été un hasard, on ne savait pas qu'il deviendrait un tube.

« Casquette à l'envers », c'est un concept qu'on est allés piocher dans nos tiroirs, un truc qui datait d'au moins cinq ans, qu'on a ruminé pendant des années. À la base, c'est une idée de morceau qu'on a eue vers 2005, à l'époque de *La Terre du Milieu*. On voulait en faire un featuring avec Diam's, parce qu'on avait une bonne connexion avec elle, mais finalement ça n'a pas abouti. C'est resté dans les cartons, et au moment de l'enregistrement de l'album, on s'est dit : «Tiens, on pourrait peut-être en faire quelque chose.» Après, le truc qui est amusant avec ce morceau, c'est que juste avant la sortie de l'album, Nadine Morano, secrétaire d'État chargée de la Famille et de la Solidarité sous Sarkozy, a déclaré dans une interview : « Ce que j'attends du jeune musulman, quand il est français, c'est qu'il aime son pays, c'est qu'il trouve un travail, c'est qu'il ne parle pas le verlan, qu'il ne mette pas sa casquette à l'envers.» Au-delà de ce qu'on pense de ce genre de discours, on a trouvé que ses propos tombaient à pic. Ils collaient parfaitement avec le track, et du coup on les a mis direct en intro du clip. Morano aurait voulu nous faire de la promo, elle ne s'y serait pas prise autrement !

Carton plein

L'École des points vitaux est sorti le 29 mars 2010 dans les bacs et il a cartonné direct : on en a vendu presque vingt mille exemplaires dès la première semaine, ce qui est énorme pour l'époque, surtout pour un groupe de rap. Puis les singles se sont enchaînés, de « Casquette à l'envers » à « Désolé », on a été joués peu à peu sur toutes les radios et, suite logique, on est partis en tournée. On a fait notamment la première partie de Suprême NTM au Parc des Princes, ce qui était évidemment formidable pour nous, mais ce n'était que le début : pendant

Maître Gims entouré de ses fans le jour de la sortie de *L'Écrasement de tête*, devant le centre Georges-Pompidou. 4 mai 2009.

Le chômage t'a rendu pâle, tu maquilles ça avec la poudre,

ta vie est en déséquilibre, comme un obèse sur une poutre

ADAMA

À pratiquer la langue de bois, ils vont en bouffer les écorces

Doomams

ce Wati Tour 2010, on est allés de surprise en surprise, portés par un truc incroyable. C'était des vacances de luxe, on nous déroulait le tapis rouge partout où on allait, on découvrait les grands hôtels, les grandes résidences, on goûtait au succès pour de vrai, et pour la première fois depuis le début de notre aventure. La tournée nous a emmenés partout : aux quatre coins de France, à La Réunion, en Tunisie, en Afrique… Et à chaque étape, c'était encore plus gigantesque. En Tunisie, on a débarqué au Mövenpick, une sorte de palace complètement hallucinant face à la mer, un endroit où rien que la réception, c'est déjà un palais. On chillait ensemble, à la plage, au spa, en ville, on était reçus partout, on se marrait tout le temps, et on donnait des concerts presque tous les soirs.

C'est juste incroyable ce qu'on a vécu pendant cette tournée en 2010, c'était la vie de rêve, on n'avait jamais connu ça auparavant ! On était heureux, on avait la sensation d'arriver là où on avait toujours rêvé d'être. Et surtout d'y arriver ensemble, entre amis, ce qui n'a pas de prix. Par moments, on se reparlait du quartier, on se remémorait nos années à la dure, quand on était juste des potes qui rappaient au square, et ça nous faisait une drôle d'impression.

Maintenant on fout dehors la hass même si notre passé l'héberge

Maska

Pendant toutes ces années, avant de connaître le succès, on avait toujours été un peu à part, on n'était pas comme les autres équipes du quartier, on n'avait pas les copines ni les bagnoles, et on ne partait jamais de Paris. Les autres s'en allaient en vacances, et nous, on restait au quartier, et ça nous a souvent frustrés. Mais là, tout d'un coup, on l'avait notre rêve, on les avait nos vacances de luxe. On déambulait dans les pires palaces du coin, en équipe, à chiller au bord d'une piscine et à jouer nos morceaux devant des milliers de personnes qui nous acclamaient. On a beau dire qu'on a toujours su que ça marcherait un jour, que tout était planifié, la vérité c'est qu'on n'avait jamais imaginé une chose aussi énorme. C'est tellement beau de vivre ça, et entre amis d'enfance.

© Fifou / Wati B

CETTE HISTOIRE NOUS A FAIT GRANDIR

Devant la polémique sur l'homophobie, survenue suite à une interview parue dans un journal de rap, en 2010, Lefa a totalement assumé. Avec Dawala, ils sont allés voir des associations de défense des droits des gays dans toute la France pour s'expliquer, répondre à des interviews, formuler nos excuses, expliquer, réexpliquer. Au départ, il y en a plein qui étaient sceptiques, et dans le fond on peut les comprendre, mais ils se sont vite rendu compte de la méprise dont on avait fait l'objet.

À l'inverse, les professionnels, les tourneurs, les médias, les promoteurs, tout le monde nous a tourné le dos, mais le public, lui, n'a pas bougé d'un iota. Le seul soutien qu'on a eu à ce moment-là, à part celui de la maison de disques et de Skyrock, l'unique radio à prendre notre défense et à continuer à jouer nos morceaux, il est venu du public. Le public sait distinguer le vrai du faux, sait reconnaître quand on est sincère, et dans ces cas-là, il nous suit ; il nous connaissait avant, il nous connaît encore aujourd'hui, il est comme nous. Les messages de soutien de nos fans ont énormément compté dans cette histoire, et puisque c'est grâce à eux qu'on est arrivés là où on est, on s'est dit que c'est aussi pour eux qu'on allait continuer envers et contre tous les obstacles. On a eu le sentiment de devoir recommencer à zéro et pour dépasser l'affaire, on a décidé de répondre avec de l'artistique, parce que c'est ce qu'on sait faire le mieux. Rapidement, on s'est remis à bosser, à écrire, avec toujours cette envie d'innover, de donner au public des morceaux et des textes chaque fois plus dingues. Les gens attendaient un album, car *L'École des points vitaux* datait de près d'une année, mais nous, on était déjà ailleurs. On avait une autre idée en tête : on bossait sur un documentaire pour mieux nous faire connaître, sur des chansons, sur des clips... On préparait un projet énorme.

On s'est relevé de ça ensemble, grâce à notre travail et à notre amitié.

Moi je vois

en grand d

des baleines d

les choses
nc je veux

ns l'aquarium

MAÎTRE GIMS

(En attendant) L'Apogée

Cover de la mixtape *En attendant L'Apogée : Les Chroniques du 75*, sortie le 4 avril 2011.

La meilleure chose qu'on pouvait faire face aux tombereaux d'insultes qu'on lisait dans la presse à notre sujet, c'était de ne pas se laisser abattre et d'avancer. On débordait d'idées et de projets, et on s'est lancés. On a remis le deuxième album à plus tard pour travailler sur un format hybride, un disque qui nous tenait à cœur depuis un moment, un concept que peu de rappeurs utilisent vraiment : la mixtape. L'idée, c'était bien sûr de faire patienter le public avant *L'Apogée,* mais pas avec n'importe quoi. On n'allait pas se contenter de lâcher deux ou trois inédits, comme font la plupart des artistes. On voulait faire les choses en grand, ramener une idée, offrir quelque chose en plus. On a décidé de sortir une série d'inédits, de clipper quasiment tous les titres, et de compléter par un documentaire sur notre histoire, le tout pressé en DVD.

« Trop d'inspiration »

Quand on a lâché le premier extrait, les gens étaient étonnés. Le public s'attendait à un album, mais on a sorti le titre « Paris va bien » qui disait : « T'inquiète, ce n'est qu'un simple texte en attendant *L'Apogée*. » D'entrée, on a mis tout le monde bien, avec Gims et ses gimmicks de malade sur l'intro, qui disait : « J'ai trop d'inspiration, pas besoin de drogue. » Et là où c'était vraiment fou, c'est que ces titres qui étaient là pour faire patienter les gens avant l'album sont carrément devenus des tubes sur lesquels tous dansaient, des trucs qui étaient joués en radio. Et puis il y avait le documentaire, qui était une manière pour nous de renvoyer l'ascenseur à nos fans, de les rassurer après la polémique, de leur dire qu'on avait senti leur présence durant les moments difficiles, qu'on voulait leur offrir quelque chose en retour et qu'on était toujours là. Ce documentaire, c'est nous, juste nous huit, face caméra, et on raconte tout ce qu'on a traversé depuis le début.

> **Au final, tout le monde a trouvé le projet génial et on en a vendu près de deux cent cinquante mille exemplaires, ce qui est complètement inédit en France pour une mixtape. Les gens se sont dit : « Putain, mais ils sont trop loin ! »**

Effectivement, on était déjà loin. La polémique était derrière nous, on avait repris le contrôle, tous ensemble, et on se sentait capables de casser la baraque. On avait déjà commencé à sciencer grave sur l'enregistrement de *L'Apogée* depuis pas mal de temps, on atteignait une autre étape de notre vie, on voyait le bout du tunnel. Juste après la sortie de la *tape,* dès le mois de juin 2011, pendant que tout le monde dansait sur « Paris va bien » ou « Qui t'a dit ? », on a pris la tangente, et on est partis bosser sur *L'Apogée,* loin de Paris, en Normandie, dans une maison paumée au milieu des vaches et des prés.

Là-bas, au calme, on s'est mis à charbonner sévère, car il faut bien reconnaître qu'on avait une certaine pression : *L'École des points vitaux* avait atteint les quatre cent mille ventes, tiré par des singles incroyables comme « Casquette à l'envers » ou « Désolé » qui avaient réalisé des scores hallucinants. Comment faire mieux ? Comment aller plus loin ? Et surtout, où aller ?

Encore plus loin

La direction qu'on a creusée pour ce deuxième album, c'était de se livrer de façon encore plus personnelle que sur le précédent disque, et surtout de mettre l'accent sur la production, la composition, la musicalité. Approfondir nos textes, s'ouvrir à d'autres musiques, essayer d'aller là où on ne nous attendait pas, c'était le challenge. On a donc mis à profit toute notre expérience dans le domaine de la musique, on a rassemblé nos savoirs pour progresser, on a réfléchi aux erreurs de nos précédents disques. On a aussi rencontré beaucoup de musiciens, des gens qui évoluaient hors du cercle rap et qui portaient un regard intéressant sur notre musique. Auprès d'eux, on a abordé la composition de manière plus poussée, sans rester bloqués dans nos clichés ou dans nos habitudes, à oser ajouter un violon,

© Fifou / Wati B

J'voulais rentrer au G8 mais je n'suis qu'un Africain

Construire des bolides mais je n'suis qu'un Africain

ADAMA

un accordéon ou une guitare si c'était nécessaire pour que le morceau décolle. On a aussi beaucoup appris au niveau des orchestrations, des arrangements, de la qualité du mixage, car ce sont des choses sur lesquelles on s'était pas trop penchés auparavant. On avait cette volonté d'avancer, d'évoluer, de ne pas resservir la même chose. On a aussi mis à profit notre expérience de la scène, car ça faisait plus de dix piges qu'on rappait et on commençait à maîtriser le sujet.

Il y a des tas de choses qu'on a comprises en faisant de la scène, au niveau du flow, de la manière de poser, des tas de détails qui font qu'on est meilleurs aujourd'hui qu'il y a dix ans. On est riches de ces expériences, profitons-en.

Le fait d'être regardé par le public aussi a beaucoup joué. Désormais, on n'est plus dans notre petit quartier. On a des milliers de gens qui nous écoutent, qui nous observent, donc la compétitivité qui avant se jouait entre nous, elle se joue maintenant à un autre niveau, face au public, face aux autres rappeurs aussi. On est devenus parfaitement conscients de tout ça, on a une vision plus globale des choses, du coup on redouble d'efforts, on travaille d'arrache-pied, on rature, on réécrit, on réenregistre. C'est de cette manière qu'on a abordé *L'Apogée,* de manière globale, et pas uniquement à travers le prisme de «mon petit texte» ou «ma petite prod».

Au sein du groupe, on s'observe, on s'aide, on se soutient, on se conseille, on se remet parfois en cause, on ne laisse rien passer, on devient une véritable machine de guerre.

C'est pour ça qu'au moment de l'enregistrement, on était tous au top, au sommet de notre art, en termes de rap, de technique, d'écriture, de composition, de mise en scène. On était à notre *apogée,* précisément, au niveau individuel comme au niveau du groupe. D'ailleurs, quand on a fait la mixtape *En attendant L'Apogée,* où on disait : «T'inquiète, c'est juste un son en attendant *L'Apogée*», c'était une sorte de boutade, un truc de rappeur pour se la raconter et narguer les gens. Mais quand *L'Apogée* a été achevé, on s'est rendu compte que c'était vrai : *L'Apogée* est bien plus abouti que tout ce qu'on avait fait auparavant. Tout ce qu'on avait enregistré jusque-là était en deçà, à tous points de vue.

La chanson qui représente le mieux ce travail, c'est sans doute « Avant qu'elle parte ». C'est un peu la colonne vertébrale de l'album.

On t'a dit ne me compare pas, poto, j'inspire même maître Yoda

L.I.O.

À l'origine, Gims avait trouvé une mélodie qu'il fredonnait tout le temps pendant la tournée, mais on n'avait pas encore de texte. On en a quand même fait une instru en se disant qu'on la garderait pour plus tard, qu'on verrait bien si on trouvait les mots qui collaient dessus. Et vers 2011, lorsque la maman de L.I.O. nous a quittés, le thème est devenu évident, et on l'a travaillé à fond. La maman de JR aussi est décédée, donc on savait très bien de quoi on parlait. Au niveau du texte, du son, de la composition, pour laquelle on a fait intervenir des musiciens, et notamment des cordes, ce morceau représente ce qu'on a fait de plus abouti artistiquement, durant toutes ces années dans le rap. Le truc était même tellement fort, tellement déstabilisant par rapport à ce que le public avait l'habitude d'entendre venant de nous, qu'on a mis du temps à se décider à le sortir avant l'album. La maison de disques était réticente à sortir «Avant qu'elle parte» en tant que single. Les responsables

« Avant qu'elle parte », sorti le 23 janvier 2012, extrait de l'album *L'Apogée*.

**Ne vous trompez
pas d'ennemi les mecs,
souvent ça coûte cher,
on a pour habitude
d'éparpiller
les bouts d'chair**

Lefa

de chez Sony avaient peur que ce morceau désoriente nos fans, car c'est un titre un peu inhabituel pour Sexion d'Assaut. Nos fans étaient habitués à des choses plus street. Mais on a insisté car c'était important pour nous, et ça a fonctionné. Ça a même très bien fonctionné, et Sony a fini par reconnaître qu'on avait eu raison.

Quand il a fallu penser à la sortie de l'album, qu'on envisageait pour le début de l'année 2012, on est allés sur le terrain qu'on connaissait le mieux : le web. Pour avertir tout le monde, on a tourné une vidéo en Normandie, dans cette maison où on était partis travailler sur l'album, et on l'a mise en ligne. Ça a mordu direct, et on a enchaîné en sortant un premier extrait du disque via Facebook, « Mets pas celle-là », puis un deuxième, « Disque d'or ».

L'Apogée **est sorti quelques mois plus tard et a pété le score le jour de la sortie : dix mille exemplaires écoulés en vingt-quatre heures, en pleine crise du disque ! L'album a été certifié disque d'or en une semaine, et avant l'été, on était déjà deux fois disque de platine. On avait réussi, et on avait encore des surprises plein les poches. Bien des mois plus tard,** ***L'Apogée*** **s'est écoulée à près d'un million d'exemplaires.**

Le goût du succès

Cover de l'album *L'Apogée*, sorti le 5 mars 2012 et certifié disque d'or dès la première semaine.

Quand on a goûté au succès à l'époque de *L'École des points vitaux*, on n'en revenait pas. On pensait qu'on avait atteint le sommet, et qu'on pourrait difficilement aller plus haut. Mais quand *L'Apogée* est sorti dans les bacs, on a compris que tout peut arriver.

Le succès reste une chose étrange pour nous, même aujourd'hui. C'est grisant, c'est grandiose, ce n'est jamais désagréable, mais ce n'est pas toujours aussi simple qu'on l'imagine. Ce sont des choses qu'on a découvertes petit à petit, en l'espace de trois ou quatre ans… Le simple fait d'être constamment observé te place déjà dans une situation délicate. C'est comme dans la rue : quand ça marche pour toi, tout le monde veut que tu tombes. Dans le business ou dans la musique, c'est pareil : quand la lumière est sûr toi, on guette tes faux pas, et si tu dis la moindre connerie, on te tombe dessus. On en a fait les frais avec cette polémique sur l'homophobie, et ça nous a fichu les jetons.

Car si mon dos est rempli de crachat, mon torse reste propre. On escroque personne, on laisse ça à l'État.

Adama

On

est

gênants

comme

MAX

une équipe de mendiants chez

I M ' S

ADAMA

Je ne suis pas une lumière mais je sais que je ne finirai pas à l'ombre

Adama

C'est une belle leçon de vie, car on s'en est sortis par nos propres moyens, mais c'est le genre de chose qui peut te pousser à tout plaquer. Même un mec solide comme Gims s'est sérieusement posé la question à ce moment-là. Il était à deux doigts de tout laisser tomber.

> **La célébrité, tu mets des années à l'atteindre, mais ce qu'il faut garder à l'esprit, c'est que tu peux redescendre aussitôt. Ce n'est jamais acquis.**

L'autre aspect un peu pervers de la célébrité, il vient en grande partie de nous. Avec les réseaux sociaux, on a toujours été en contact direct avec les fans, et la célébrité a accéléré tout ça. Au départ, c'était gratifiant, c'était même un encouragement, mais avec le temps c'est devenu plus complexe à gérer. Sur nos smartphones, les icônes Twitter ou Facebook sont là, à portée de main, et juste derrière, il y a des milliers de fans qui nous sollicitent. Mais être proches de son public, répondre et alimenter le fil, comme on le faisait quand on avait cinq mille fans, ça devient une forme de pression quand tu en as cinq cent mille. Psychologiquement, ça peut être difficile, comme quand un fan t'envoie un tweet et te dit : « Mais réponds ! Pourquoi tu ne me réponds pas ? » Il insiste mais tu ne sais pas comment réagir.

Il y en a qui nous relancent tous les jours, et même si on ne répond pas, ils reviennent le lendemain, toujours aussi admiratifs, attentifs, gentils avec nous. Tu finis par culpabiliser, tu te dis que tu devrais au moins leur répondre quelques mots, mais tu sais aussi que si tu commences à répondre, tu ne t'en sors plus... C'est déstabilisant, même si dans le fond, ce n'est que de l'amour que nous donne le public.

On ne se le dit pas à voix haute, parce qu'on a toujours voulu cette reconnaissance de la part des gens, mais on en vient parfois à en avoir presque de l'appréhension, ou une certaine incompréhension. Pourtant, jamais tu n'y as pensé, jamais tu ne t'es dit : « Un jour, j'aurai de drôles de sentiments vis-à-vis de mes fans. » C'est impensable.

Comment avoir de la réserve vis-à-vis de quelqu'un qui t'aime ?

Ça reste marginal, ce sont des sensations fugaces qui disparaissent vite, car on adore nos fans, mais ce sont des choses auxquelles on n'était pas préparés, et ce n'est pas toujours évident à gérer. Même si on vit notre succès à fond et qu'on en est très heureux. Il faut bien qu'il y ait un petit revers de la médaille, sinon ça serait trop facile.

Concernant le succès, le fait d'avancer ensemble nous a en partie protégés de ces aléas. Ça nous a aussi permis de garder les pieds sur terre, de ne pas sombrer dans l'égocentrisme ou le pétage de plombs qui guettent parfois les artistes dans notre situation.

> **Chez nous, quand il y en a un qui prend la grosse tête deux minutes, les autres le remettent à sa place vite fait. On sait qui on est, on sait où on va, et on a un entourage qui veille aussi sur nous. La Sexion d'Assaut, pour nous tous, c'est comme une deuxième famille, c'est la famille qu'on a trouvée dans la rue, on se connaît tellement bien qu'on peut tout se dire, se faire toutes les remarques possibles. Et ça va même plus loin : notre amitié ne dépend pas de la musique, elle est au-delà.**

La musique est un centre d'intérêt commun, une passion qui nous a permis d'être ensemble jusque dans notre activité professionnelle, mais quand on fait autre chose, on est quand même ensemble. On n'est pas devenus amis grâce à la musique. On était amis avant de faire de la musique, et on le sera après.

Cover de la réédition de *L'Apogée*, sortie le 19 novembre 2012.

Le succès, pour nous, ce n'est pas de gagner de l'argent ou de vendre des disques, c'est d'être parvenus à faire ce qu'on voulait faire, et d'avoir réussi à le faire ensemble, à force de travail, grâce à notre art, notre réflexion, notre volonté commune.

Avoir réalisé notre rêve entre amis, c'est notre plus belle réussite.

**Sexion d'Assaut,
Wati B clan, té-ma
la propagande, réunissez
tout le monde,
voilà le nouveau jet-pro
de ma bande**

JR O'Chrome

De Bercy à Bercy

Fume

des spliffs,

croyant qu'avec

on est deux

fois plus

inspirés.

J'ai fait
l'tour, tu
veux savoir ?
Franchement
ça laisse
à désirer.

JR O'CHROME

Aujourd'hui, quand on pense à cet après-midi de 2004 où on s'est pointés à Bercy avec la certitude qu'on allait y donner un concert, on se dit qu'on était pire que naïfs de croire un truc pareil. C'était impensable d'imaginer qu'on allait monter sur cette scène et faire un concert, comme Madonna, comme Jay-Z ou comme Snoop Dogg. À l'époque, on ne se rendait pas compte qu'on était un groupe inconnu, issu d'un petit quartier parisien, qu'on était tout juste populaires auprès de nos potes et qu'on n'avait sorti aucun disque. On devait avoir cinq cents fans à tout casser, mais on débarquait tranquilles à la station de métro Bercy convaincus qu'on allait tout cartonner le soir même…

Quand on y pense aujourd'hui, après les disques vendus et les récompenses, l'expérience qu'on a accumulée sur scène et en studio, en tournée ou à la radio, après la fatigue et les années de travail, ça nous fait sourire : « Comment on a pu être aussi naïfs !? »

Dans le fond, c'est aussi cette naïveté qui nous a permis d'avoir cette carrière, de tenir cette longueur. On a toujours eu la certitude qu'on était trop forts, qu'on ne pouvait qu'avancer, aller plus loin, qu'il n'y avait pas de barrière, pas de problème qui résiste à notre volonté. C'est une naïveté mais c'est aussi une force. C'est pour ça qu'au tout début, quand on nous a dit qu'on allait faire un concert à Bercy, on s'est dit : «Ah ouais, OK, trop facile… » À l'époque, on n'y connaissait rien, et ça nous permettait de tout imaginer. Peut-être que si on avait su ce qu'était vraiment la vie d'artiste, les aléas du succès, les revers de la médaille, la fatigue, le travail, le fait de vivre éloignés de nos familles pendant les enregistrements ou les tournées, on ne se serait pas embarqués là-dedans. Mais on ne le savait pas, on pensait que c'était hyper-simple.

> **On était naïfs et ça nous a permis de rêver, et de franchir les étapes sans nous en rendre compte parce qu'on fonçait vers un rêve et qu'on était sûrs de le réaliser. En repartant de ce premier concert minable qui avait tourné court, on ne le savait pas encore, mais on reviendrait à Bercy.**

Le salaire de la galère

Aujourd'hui, avec l'expérience, on ne voit plus les choses de la même façon. On sait ce qu'est un enregistrement, ce qu'est une tournée, ce qu'est le business de la musique, ce qu'est la promotion.

On est devenus des professionnels, et on a fini par comprendre qu'on ne fait pas Bercy en claquant des doigts, sans avoir derrière soi un public qui se chiffre en dizaines de milliers de personnes, sans avoir une poignée de disques d'or ou de platine accrochés dans son studio, sans être passés par les radios, sans avoir fait ses classes sur de petites tournées, commencé à rapper dans des petites salles.

Bercy, c'est quinze mille places, ce n'est pas rien. La scène est immense, et il faut la tenir ; c'est un métier, ça s'apprend. Au niveau du public, c'est pareil : il paye cher, et il faut le lui rendre. Tu ne peux pas te pointer à l'arrache pour poser tes seize mesures et te faire acclamer. Et pour que le public reprenne tes chansons en chœur, il faut les avoir pensées, les avoir écrites, les avoir travaillées… Et surtout, il faut que les gens aient envie de venir, et qu'ils viennent en masse, donc tu ne fais pas Bercy en disant juste à tes potes du quartier de ramener du monde. En gros, tu ne fais pas Bercy quand tu es un crew de sympathiques rappeurs ayant sorti vite fait une mixtape qui tourne au quartier.

Au fil du temps, on a acquis de l'expérience et on a compris tout ça. Pour un groupe français, Bercy, c'est le

La Sexion d'Assaut pendant la première partie du concert d'Orelsan au Bataclan. 15 mai 2009.

sommet, et plus tu avances dans ta carrière, plus tu deviens professionnel, plus tu te remets en cause, plus tu sens que tu n'es pas encore au niveau. En ce qui concerne le rap, c'est même pire, car il n'y a pas beaucoup de rappeurs français qui ont mis le pied sur cette scène. Il y a Booba et Suprême NTM, c'est tout. Du coup, quelques années après cet épisode du « Petit Bercy », comme on l'appelle entre nous, on n'y pensait plus vraiment. C'était une hypothèse, on se disait qu'on aimerait bien jouer un jour à Bercy, que ça viendrait peut-être, mais on savait que c'était pas pour tout de suite. Évidemment, c'était sans compter sur la folie de Dawala…

Un jour, Dawala est venu nous voir et nous a annoncé le truc. Il avait déjà réfléchi dans son coin, il était sûr de son coup, et comme on a tendance à lui faire confiance, on était plutôt enthousiastes.

Là où on a trouvé Dawala vraiment dingue, c'est qu'il ne voulait pas simplement faire un Bercy : il avait prévu qu'on en fasse deux !

On lui a dit : « Mais t'es fou ! Deux Bercy ? On ne va jamais les remplir ! » Et comme il est réellement fou, il nous a répondu : « Impossible ? OK, vous allez voir. » On trouvait ça complètement dingue, ça nous a fait pas mal réfléchir et on en a beaucoup parlé entre nous. Maska était très confiant, Adama beaucoup moins. Gims et Lefa suivaient Dawala, même s'ils étaient un peu sceptiques.

À ce stade de l'histoire, il y a quelque chose qu'on doit raconter. Malgré l'enthousiasme de Dawala, il y avait un truc qui nous gênait : Bercy, dans nos esprits, était synonyme d'échec. D'abord à cause du « Petit Bercy », même si c'était déjà loin derrière nous, mais aussi à cause d'un autre épisode : le 6 juin 2011, on devait faire la première partie de Jay-Z dans cette salle, mais on a été obligés d'annuler. On a été obligés d'annuler parce que l'équipe de Jay-Z nous a pris de haut, et on l'a très mal vécu. Pour eux, il n'y avait que Jay-Z qui comptait, et comme c'est une méga-star, tu ne peux pas toucher à son backline (son installation de

Le rêve est à nos pieds
donc on dort tête-bêche,
on baigne dans les richesses
mais nos lèvres restent sèches

Maska

Les gens se plaignent tout en prenant des apéros, génération dans la merde avec des pompes à 130 euros

Maître Gims

scène). Même si tu fais la première partie, tu ne déplaces pas un pied de micro ! Donc tu te mets dans un coin, là où il y a de la place, et tu fais ce que tu peux pour assurer ton concert. On le dit tout net : cette attitude nous a saoulés !

Quand on a vu comment on était traités, ça avait beau être Jay-Z, et ça avait beau être Bercy, on s'est dit que c'était trop improvisé et qu'il valait mieux laisser tomber plutôt que de faire un concert foireux. C'était la première fois qu'on mettait un pied à Bercy, et on ne voulait surtout pas se rater. Peut-être que de notre côté, on n'était pas non plus super-opérationnels au niveau du show, mais l'un dans l'autre, c'était mieux comme ça. Et du coup, quand Dawala a remis Bercy sur le tapis, pour nous c'était un peu la bête noire.

On est quand même partis tête baissée. La première date était calée pour le 22 mai 2012, et on comptait bien réitérer notre coup le 15 octobre. Un Bercy en doublette, c'est un sacré pari, mais on s'en sentait capables, on était prêts à déplacer des montagnes, à mettre au point un show parfait, à répéter tant qu'il le faudrait. Mieux : on avait les armes pour ça. Les concerts, le live, c'est notre créneau : on sait faire bouger les gens, les faire chanter, embarquer le public avec nous. En quelques années, notre vie de rue, notre vie de

Cover du DVD live du concert donné à Bercy le 22 mai 2012.

jeunes rappeurs s'était transformée en une vie de tournée, une vie de concerts, de professionnels de la musique. On a travaillé des shows dans différentes configurations, on a joué dans les pires patelins mais aussi à l'Élysée-Montmartre. On a rappé dans la rue et sur les plus grosses radios, on a tourné en France, en Suisse, en Belgique, en Afrique où les concerts sont encore plus impressionnants, partout. Avec notre expérience, notre pratique, notre volonté, on savait que ça ne pouvait que marcher.

Jour de paye

Le jour où on s'est pointés à Bercy pour faire les balances, ça nous a fait bizarre. On a beau être motivés, avoir déjà fait des centaines de concerts et maîtriser notre scénographie, on n'a pas non plus quarante ans de carrière derrière nous pour nous rassurer.

On avait déjà vu des concerts dans cette salle, mais quand elle est vide, elle paraît encore plus gigantesque. On a fait semblant de rien mais ça a mis un bon coup de pression à certains d'entre nous...

Malgré tout, on avait des armes de notre côté : on avait préparé une setlist qui rassemblait tout ce qu'on avait fait de mieux depuis le début. De «T'es bête ou quoi ? » jusqu'à « Désolé », en passant par «Africain», « Casquette à l'envers», et bien sûr «Wati Bon Son», on allait jouer la totale !

Le soir du 22 mai, quand on s'est tous retrouvés dans les loges de Bercy, c'était électrique. On avait déjà fait des salles plus grandes, on avait fait des festivals, des stades, mais là c'était spécial. Pour des Français, pour des Parisiens, Bercy reste un sacré lieu, c'est mythique. On n'avait pas le trac, on n'avait pas la trouille, mais on sentait qu'on était face à un défi énorme. Que quelques heures plus tard, il y aurait des milliers de personnes devant nous, dans la fosse. Des fans, des rappeurs, des curieux, des gens de passage, mais aussi et surtout nos amis les plus proches et nos familles. Adama était très préoccupé par la présence de sa famille dans la salle. À chaque morceau, il

J'essaie de grimper l'échelle sociale avec une jambe de bois, je n'attends

rien d'une courte échelle vue la hauteur d'mes ambitions

DOOMAMS

La Sexion d'Assaut pendant la première partie du concert d'Orelsan au Bataclan. 15 mai 2009.

y pensait, il avait hâte que ça se termine pour être libéré de toute cette pression. Il faut dire que pendant longtemps, son père était totalement contre le fait qu'il devienne musicien. Mais là, tout était visible, au grand jour, et son père était évidemment dans la salle, donc c'était un grand challenge. Au final, ça s'est hyper-bien passé, son père était très heureux, mais pour lui, c'était une sacrée épreuve !

Quand on a débarqué sur scène, c'était impressionnant, c'était énorme. Il y avait des lumières jusque dans le plafond, la foule jusqu'au fond des gradins ; ça criait, ça hurlait, c'était complètement dingue. On a vu la salle noire de monde : c'était un truc de ouf ! On est arrivé direct avec « Disque d'or », et là, on a senti le public, on a ressenti un truc surréel. Et tout a filé très vite : on a kické, kické, kické, on a enchaîné les titres, c'était prenant, on se sentait portés par l'ambiance survoltée. Décors, écrans géants, lights, mise en scène : on voulait emporter chacun de nos fans dans notre délire, et on a tout donné. C'était le feu !

Sur ce premier Bercy, on était quand même un tout petit peu scolaires… Avant ce concert, on ne sortait pas d'une grosse tournée bien rodée, on avait fait cinq ou six dates, donc le show était un peu nouveau pour nous, on prenait encore nos marques. Tous les trois ou quatre morceaux, on portait des nouvelles tenues, c'était hyper-organisé, très carré, un peu statique. Le deuxième Bercy, au contraire, c'était plus « live », plus décontracté, plus hip-hop. Beaucoup d'entre nous ont préféré ce deuxième concert, d'ailleurs. On était plus cools, on connaissait la salle, on maîtrisait le show… On était aussi plus complices entre nous, moins stressés, et on se sentait invincibles. On a redoublé de dinguerie, et on s'est largement plus amusés ! On a refermé le set par une des meilleures versions de « Avant qu'elle parte » qu'on n'ait jamais joué. C'était juste magnifique.

Quand les lumières se sont éteintes les unes après les autres, on était fous de joie. C'est quelque chose de très difficile à raconter. Tout le monde a débarqué pour nous féliciter, on ne savait plus où on était. Il y avait tellement de personnes… En un sens, on est victimes de notre succès : nos fans nous aiment tellement, et on a toujours été tellement proches d'eux, qu'ils ont l'impression qu'on est des frères. Et ils ont raison, on est comme eux! Mais ça veut dire que, concrètement, tu ne peux pas refuser une photo, un autographe… C'est comme ça, et c'est génial, mais du coup, il y avait du monde partout à la fin du concert, on ne savait plus où donner de la tête, on était totalement submergés. On est repartis éreintés mais heureux, subjugués par quelque chose de supérieur. C'était comme dans un rêve.

Les lumières se sont éteintes et on a disparu. Maska, L.I.O., Black M, Gims, Lefa, Adama, Doomams, JR, DJ HCue. Et Dawala. On est partis. Les mecs de la 9e Zone. «Tous partis d'une grotte, pour finir dans un palais…»

Les mécréants voudraient voir Dieu ? Essaye d'abord de regarder l'soleil dans les yeux.

Maître Gims

Vers demain

Nous sommes la Sexion d'Assaut. Du travail, de l'abnégation, de la volonté, du sérieux et des conneries, des vannes et des rimes, des pages et des pages de textes raturés, des punchlines, des breaks et des beats, des semaines en studio, des discussions au clair de lune, des embrouilles, des amours, des espoirs, du business, de la musique, des rêves, de l'argent, et une amitié indéfectible. La folie des grandeurs des kids d'aujourd'hui.

Nous sommes des enfants du XXIe siècle. On a grandi entre les avenues parisiennes et les pistes africaines, les épiceries de nuit et les bancs du square Montholon. Entre les parrains du rap qu'on a écoutés à s'en faire péter les tympans, les chaînes d'info en continu et les chaînes Youtube, entre la religion, Internet et les parents. On a fumé quelques joints, posé nos armes sur des feuilles, médité pendant des années, ruiné des dizaines de disques durs, espéré pendant des mois, cru en nos rêves et travaillé en conséquence.

Nous avons grandi pauvres dans des quartiers riches, nous avons essuyé les plâtres et vécu des drames, mais nous sommes toujours restés proches de ce que nous sommes. Nous avons enchanté des dizaines de milliers de fans et

Les rageux me donnent la niaque, pour eux j'écris une chanson, le pire chez les haineux, c'est qu'ils ne savent même pas qu'ils en sont

L.I.O.

Le succès te fume à peine tu le crapotes

Maska

gagné plus d'argent qu'on n'en a jamais rêvé. Nous avons réconforté des gens et fait hurler des centaines d'autres. Nous avons fait des erreurs, nous avons fait de grandes choses. Nous avons été des stars, nous avons été des parias. Nous avons été sensibles à la misère du globe, nous l'avons parfois oubliée pour préférer nos intérêts. Nous n'avons jamais été meilleurs ni pires que les autres, nous avons juste réussi à être ce que nous voulions. Mais jamais, jamais, jamais nous n'avons lâché l'affaire. Jamais nous n'avons baissé les bras. Nous sommes les acteurs de notre succès, nous ne devons rien à personne, à part à vous qui lisez ces lignes. Personne ne nous enlèvera ça.

De la 9e Zone jusqu'à la scène de Bercy, nous avons été, nous sommes, et nous resterons la Sexion d'Assaut. Un groupe de huit adolescents liés par une amitié indéfectible qui nous a permis de tout inventer. Des refrains, des carrières, des vies. Nous avons tout fait ensemble, nous avons tout géré, le succès comme la tempête, les coups de chance et les coups de pute. Jamais nous ne nous sommes tiré dessus. Jamais. À cause de ce que nous avons traversé, nous sommes unis. Et nous le resterons.

Depuis les disques de platine, depuis les spectacles à Bercy, il s'est passé des choses. Nous avons été récompensés par la Sacem, nous avons été adoubés par la chanson française, par le public et par la profession, et nous avons remporté deux NRJ Music Awards. Malgré ça, nous sommes restés les mêmes. Et dans les coulisses de Bercy, nous avons des femmes, des enfants, des amis, des vies qui nous réclament. C'est pourquoi Sexion d'Assaut va ralentir le rythme dans les mois qui viennent. Maska, Black M, JR et Doomams ont des envies en solo, comme Gims vient de le faire avec son premier album. Certains nourrissent d'autres projets, au cinéma ou plus personnels. Nous nous laissons le temps de voir venir le futur. Le futur est ce que nous en ferons, puisque nous avons façonné notre présent, qui est déjà notre passé.

Ce qui est sûr, c'est que Sexion d'Assaut existe pour toujours, où que nous soyons, quoi que nous fassions. Pour votre plus grand plaisir.

Rendez-vous en 2015. Le nouvel album a déjà un titre, il s'appelle *Le Retour des rois*.

Adama,
Black M,
Doomams,
JR O'Chrome,
Lefa,
L.I.O.,
Maître Gims,
Maska.

Toutes les photographies, sauf mention contraire,
sont l'œuvre d'Henri Coutant. www.henricoutant.fr

Merci aussi à Wati B et à Sony pour leur contribution à ce livre.

DISCOGRAPHIE

ALBUMS

Le Renouveau – street album (2008)

L'Écrasement de tête – street album (2009)

L'École des points vitaux (2010)

L'Apogée (2012)

L'Apogée, réédition (2012)

MIXTAPES

La Maxi Dépouille – 3e Prototype (2004)

La Terre du Milieu – 3e Prototype (2005)

Les Chroniques du 75 – volume 1 (2009)

En attendant L'Apogée : Les Chroniques du 75 (2011)

SINGLES

Le Renouveau
- « Histoire pire que vraie »
- « Anti-tecktonik »

L'Écrasement de tête
- « T'es bête ou quoi ? »
- « Wati Bon Son » (avec Dry)
- « Routine »
- « À la mode de chez nous »
- « L'école des points vitaux »

En attendant L'Apogée : Les Chroniques du 75
- « Paris va bien »
- « Breh »
- « Le relais »
- « Qui t'a dit ? »
- « Plus qu'un son »
- « À bout d'souffle »
- « O'Brothers »

L'École des points vitaux
- « Casquette à l'envers »
- « Changement d'ambiance »
- « Désolé »
- « Wati By Night »
- « J'ai pas les loves »

L'Apogée
- « Avant qu'elle parte »
- « Mets pas celle-là »
- « Disque d'or »
- « Ma direction »
- « Africain »
- « Wati House »
- « Balader »
- « J'reste debout »
- « Problèmes d'adultes »
- « Cérémonie » (avec Dry)
- « Assez » (avec Dry)

CLIPS

Le Renouveau
- « Histoire pire que vraie »
- « Anti-tecktonik »

L'Écrasement de tête
- « T'es bête ou quoi ? »
- « Wati Bon Son » (avec Dry)

Les Chroniques du 75 – volume 1
- « Les chroniques du mystère »
- « À 30 % »
- « Où sont les kickers ? »
- « Freestyle »
- « Ah ouais, parait que j'suis doué »
- « Même pas l'smic »

L'École des points vitaux
- « L'école des points vitaux »
- « Casquette à l'envers »
- « Changement d'ambiance »
- « Désolé »
- « Wati By Night »

En attendant L'Apogée : Les Chroniques du 75
« Paris va bien »
« Qui t'a dit ? »
« Plus qu'un son »
« Vu la haine que j'ai »
« Pas d'chance »
« Noir »
« Traqué »
« À bout de souffle »
« O'Brothers »
« Flow d'killer »
Booska Tape – volume 1
« Excellent » (avec H Magnum)

L'Apogée
« Avant qu'elle parte »
« Disque d'or »
« Ma direction »
« Africain »
« Wati House »
« Balader »
« J'reste debout »
« Cérémonie » (avec Dry)

PROJETS SOLOS

Le Pacte – maxi de Black M (2005)

Pour ceux qui dorment les yeux ouverts – maxi de Maître Gims (2006)

T sourd ou quoi ? – mixtape de DJ Hcue (2010)

This is The Remix – mixtape de L.I.O. (2011)

Subliminal – album de Maître Gims (2013)

DVD

En attendant L'Apogée : Les Chroniques du 75 (2011)

Concert Live Bercy (2012)

COLLABORATIONS

Gotham City (de H Magnum), « Ça marche en équipe » (2011)

« RaggaMuffin » (de Selah Sue) (2011)

Évolution 2011 (de DJ Abdel), « Pas de nouvelle mauvaise nouvelle » (2011)

Raï'n'B Fever (compilation de DJ Kore), « Sahbi » (2011)

À toute épreuve (de Sniper), « Blood Diamondz » (2011)

Urban Electro (de Big Ali), « Wati Big Ali » (2012)

ORA (de Rita Ora), « R.I.P. » (2012)

Fin de dream (de H Magnum), « Fin de dream » (2012)

Directrice éditoriale : Stéphanie Chevrier
Suivi éditorial : Thomas Blondeau
Assistantes du suivi éditorial : Inès Bonnafont, Aurélie Michel
Direction artistique : Valérie Gautier, Cédric Scandella
Suivi de fabrication : Vincent Maillet
Correction : Bernadette et Jacques Morel
Impression : Normandie Roto Impression s.a.s. à Lonrai
Dépôt légal : novembre 2013. n°111773 (134061)
Imprimé en France